京都 梅咲菖蒲の嫁ぎ先〈二〉

百鬼夜行と鵺の声

望月麻衣

文芸文庫

○本表紙デザイン＋ロゴ＝川上成夫

目次

登場人物紹介

イラスト　久賀フーナ

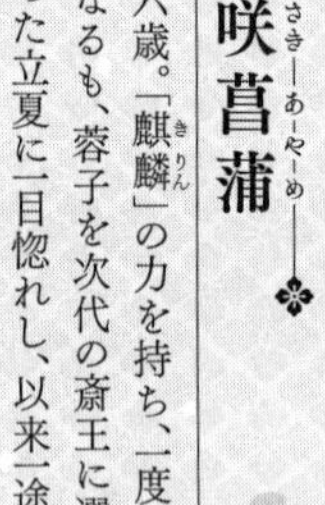

梅咲菖蒲（うめさき あやめ）

十六歳。「麒麟（きりん）」の力を持ち、一度は自身が斎王（さいおう）候補となるも、蓉子を次代の斎王に選んだ。幼い頃に出会った立夏に一目惚れし、以来一途に思い続けている。

桜小路立夏（さくらこうじ りっか）

「朱雀（すざく）」の力を持つ絶世の美青年で、四天王（してんのう）の一人。文学を志している。元許嫁（いいなずけ）の菖蒲には当初つらくあたっていたものの、今は相思相愛の仲。

春鷹（はるたか）

四天王の「青龍（せいりゅう）」。公家の出身で、京ことばを使う。飄々（ひょうひょう）とした妖艶（ようえん）な雰囲気を持つ青年。

秋成（あきなり）

四天王の「白虎（びゃっこ）」。庶民の出身で前回の技能會（ぎのうえ）で合格し、能力が認められた。まだ少年ながら野心が強い。

冬生（ふゆき）

四天王の「玄武（げんぶ）」。帝国大学の学生で、眼鏡がトレードマーク。堅物な性格から撫子とは衝突するが……。

梅咲藤馬（とうま）

菖蒲の兄で「審神者（さにわ）」。四天王を取りまとめ、斎王と菖蒲を護衛する。菖蒲と立夏の仲を反対している。

桜小路撫子（なでしこ）

立夏の妹。勝ち気な明るい美少女で、菖蒲とは親友に。兄と菖蒲の仲をやきもきしながら応援している。

綾小路蓉子（あやのこうじようこ）

次代の斎王。望まぬ結婚から力を失っていたが、菖蒲にその資質を見いだされる。藤馬とは紆余（うよ）曲折（きょくせつ）の末に結ばれた恋人同士。

序章

それは、古の話。

神武天皇が、熊野国（和歌山）から大和（奈良）へ向かう際のこと。

賀茂家の祖先である賀茂建角身命が、三本の足を持つ烏――八咫烏に姿を変えて、道案内をしたという。

それから、この国では『八咫烏の子孫』とされる賀茂家一族の人間が特別な存在として崇められてきた。

八咫烏の逸話が真実か否かは計りかねるが、一族の子孫の中に特別な力を持つ者が誕生している。

力の出方は様々であり、『見鬼の力を持つ者』、『予知の力を持つ者』、『芸術的才覚を持つ者』、『学問に秀でた才能』となって顕われた。

これらの力は、都を護る四神――白虎、青龍、朱雀、玄武の名で表わされている。

『白虎』は、見鬼の力を持つ者。鬼を滅する虎の力も併せ持つ者。
『青龍』は、龍神の言葉を受け取る、予知の力を持つ者。
『朱雀』は、孔雀のように美しい、技芸に秀でた力を持つ者。
『玄武』は、学問や商才に長けた者。

かつて四神の力は、四者四様、同列として支持されてきた。

だが長い年月を経ていくにつれ、『白虎（見鬼）』と『青龍（予知）』の二者の力が、より人知を超えた神に選ばれし才能として特別視されるようになっていった。

やがて、『白虎』と『青龍』の力を持つ者が『神子』として奉られるようになり、庶民の家から『白虎』や『青龍』の力を持つ者が現われた場合、『八咫烏の落し胤』とされ、『神子』の称号と共に、爵位——侯爵の位を賜る。

そのため今や『神子』は誰しもが憧れ、なりたいと切望する存在となった。時に能力があるように装って、なりすまそうとする者もいるが、そうはいかない。

『審神者』がすべてを見抜くためだ。

『審神者』とは、『神子』を統括する者たちである。

『白虎』と『青龍』の力を併せ持ち、なおかつ、それ以外の大きな力を持つ者だけが選ばれるという。水干に烏帽子と神主のような佇まいであり、顔は常に雑面で隠されている。

『審神者』は、真実を判別する力を持つ。彼らを前にしては、いかさまはたちどころに見抜かれてしまうのだ。

さらに、『審神者』よりも上がいる。

それが『斎王』だ。

元々、『斎宮』や『斎王』は伊勢神宮賀茂神社に奉仕した『未婚の内親王』を指していた。が、長い年月を経て、今は事情が変わっている。

未婚、既婚に関係なく四神の力をさらに上回る特別な能力、『麒麟』の力を持つ者――もしくは、『麒麟』の力を持つ者が選んだ者が、『斎王』となる。

しかしその『斎王』の座は、明治末期に務めた桔梗姫を最後に長く不在だった。

桔梗姫は、京の都を跋扈していた忌まわしき悪霊を滅して、町に平安をもたらした伝説の『神子』と今も囁かれている。

彼女の台頭から二十年。久方ぶりに『斎王』が決まった。

新斎王は、『麒麟』の力を持つ少女・梅咲菖蒲が有力視されていたが、そうではなかった。驚くべきことに『麒麟』の力を持つ梅咲菖蒲が『新斎王』を選んだのだという。

選ばれたのは、綾小路蓉子。

彼女が、新斎王である。

我々一般人が、新斎王にお目に掛かれるのは、来春の葵祭。

葵祭で、賀茂の神々に報告して、正式な斎王となる。

久方ぶりの斎王決定に世間は沸く一方で、「梅咲菖蒲様の方が良かった」――という声も少なくない。

『斎王は未婚の乙女がなるもの』という前時代の価値観を今も引き摺っている者が多いのだろう。

　筆者としては、ぜひ葵祭で綾小路蓉子様に、『斎王』の能力を発揮し、『彼女は、相応しくない』という心無い声を封じてほしいと願っている――。（初出　大正九年十一月『時世』草壁徹）

＊

はぁ、と小さな息がひとつ、口をついて出た。

京都上賀茂の冬は寒い。

古く大きな屋敷となると、それは顕著だ。

火鉢の暖は慰めにしかならず、部屋の中にいるというのに、梅咲菖蒲が吐き出した息は白い色がついていた。

菖蒲は、手元の雑誌に視線を落として、もう一度息をつく。

少し前まで、菖蒲は胸を弾(はず)ませていた。

愛読している雑誌『時世』が『斎王』について取り上げていると知って、喜び勇んで頁(ページ)をめくったのだが、記事を最後まで読んだところで気が滅入った。

この記事は一見、『斎王』となった綾小路蓉子を応援している体(てい)であるが、そうではない。

蓉子は万人に受け入れられていない、と書いているのだ。

まさか自分——梅咲菖蒲の方が良かった、という声があるなど、露ほども思わず、読み終わった今、小さな動揺が胸の奥に広がっている。

「嫌だな、こんな記事……」

菖蒲は、『斎王』を決める儀式に参加した際、鞍馬寺(くらまでら)の本堂で不思議な体験をした。香の薫(かお)りが強くなるに伴い、天も地も分からなくなって、思わず床に手をつくと、掌の下が水面となっていたのだ。

水面の上に五芒星(ごぼうせい)が描かれていて、辺り一面に、蓮の花が咲いている。

儀式が始まる前、水面は集団の意識を表していると教わった。

個人の心が清廉(せいれん)な——たとえば、青い色を出していたとしても、多くの人間が黒い色を出してしまえば、水面は暗く濁ってしまう。

この記事一つで、蓉子の即位を喜んでいた民衆の心の色に黒く濁った変化をもたらすことだってありえるのだ。

実際、菖蒲自身、この記事を読むまでは、蓉子が『斎王』となったのを皆が手放しで喜んでいると思っていたのだ。

――蓉子さんがこれを読んだら、どう思うだろう？

菖蒲は、急に心配になって立ち上がり、部屋を出る。

先ほどまで、兄の藤馬（とうま）が居間にいたはずだ。

藤馬は『斎王』を護る『審神者』だ。

さらに言うと、蓉子と心を通わせている。

斎王になったばかりの蓉子はこれから様々な仕事があるため、すぐに結婚とはいかないだろうが、いずれはと考えているようだ。

藤馬に記事のことを伝えて、蓉子の心身を支えるよう、進言しよう。

菖蒲は雑誌を手に、勇んだ足取りで居間に向かうも、

「藤馬様は、椿邸（つばきてい）へ向かわれましたよ」

と、桂子（けいこ）が、部屋をハタキがけしながらさらりと答える。

桂子は、幼い頃から菖蒲の面倒を見てくれた使用人だ。今はこの家の使用人頭となっている。

そんな彼女の能力は、使用人の域に留まらない。

桂子はかつて隠密であり、彼女の危機を藤馬が救ったことから、今や藤馬の片腕となり、梅咲家に仕えていた。

そんな彼女は今、割烹着を身につけ、頭には手拭いをつけている。

「まだ十二月にもなっていないのに、早くも大掃除を？」

「いえいえ、旦那さまと奥様が伊勢に向かわれてしまったので、整理をしていたんですよ」

体が弱い母は冬の間、ここよりも温かい伊勢で療養することになり、昨日出て行ったばかりだ。父は母に付き添っている。

そうだったの、と菖蒲は相槌をうつ。

「お兄様が家を出たのはいつ？」

「今しがたです」

「……ということは、走れば間に合うかしら」

菖蒲は踵を返して、玄関に向かおうとすると、桂子に止められた。

「自動車ですので間に合わないかと」

ああもう、と菖蒲は口惜しいと顔をしかめる。

「まぁ、菖蒲様、可愛らしいお顔が台無しですよ。どうなさいました？」

これよ、と菖蒲は雑誌の表紙を、桂子に見せる。

「ぜひ、お兄様に知っていただきたくて……」

桂子は、あら、と雑誌名を確認する。

「『時世』でしたら、すでに目を通しているはずですよ。記事を読まれた後すぐに椿邸へ行き、四神を招集して、対策を取ると仰ってました」

「そうでしたの？」

さすがだ、と安堵すると同時に、菖蒲の中に戸惑いも過る。

ここでいう『四神』とは、藤馬に仕える四人を指している。

『白虎』は、見鬼の力を持つ、秋成。

秋成は庶民の出だが、能力が発現したことで『神子』となり、爵位を賜っている。

菖蒲と同い年の十六歳だが、可愛らしい童顔のため、年齢よりも若く見える。

『青龍』は、予知の力を持つ、春鷹。

春鷹の歳は二十八歳。藤馬と同じ『審神者』だ。つまり、『青龍』の力に秀でているが、それ以外にも特別な力を持っている。

公家の出であり、東の言葉が標準語と定められた今も京ことばを使っていた。そのためか、妖艶な雰囲気を纏っている。

『玄武』は、学問や商才の力を持つ、冬生(ふゆき)。

冬生は、帝国大学の学生であり、さすが『玄武』というべきか、常に首席だという。

歳は二十歳で、眼鏡を掛け、常に表情を崩さない。一見すると堅物(かたぶつ)である。

そして、『朱雀』は、技芸の力を持つ、立夏(りっか)。

かつて、菖蒲の許嫁(いいなずけ)であった、桜小路(さくらこうじ)家の三男だ。

幼い頃より和楽器、洋楽器の演奏や、日舞に長け、まるで神話の『朱雀』が人に姿を変えたのではないかと思わせる美しい青年だ。

菖蒲は、十歳の頃、初めて彼を見て以来、ずっと変わらずに恋心を抱いている。

桜小路家は没落し、婚約も解消となったが、気持ちは変わらない。

菖蒲の一途な心が功を奏したのか、奇跡的に立夏と想いを結ぶことができた。

が、藤馬は二人の仲を許していなかった。

桜小路家との因縁はもちろん、立夏個人も気に入らないという。

かつて立夏は、桜小路家が雇っていた千花(ちか)という使用人と恋をしていた。彼女を護るため、自分は嫌われようと許嫁である菖蒲につらくあたっていたのだ。

そのことを藤馬は、未だに許していない。

ついでに言うと桂子もだ。

『彼の力添えがあって蓉子が救われた。それは感謝している。だが、それとこれとは話が別だ。菖蒲の結婚相手には認められない。恋に関しては、すぐに心変わりするような、いい加減な男なんだ』

立夏の話題になるたびに、藤馬はそう言う。

菖蒲としては、立夏をいい加減な男だとは思えなかった。

妾腹（しょうふく）であった立夏は、桜小路家では針の筵（むしろ）だったという。

彼はすべてから逃れるように小説を書いていた。

その小説を読み、丁寧な感想をくれたのが千花だったのだ。千花の存在は、立夏にとって一筋の救いだったのだろう。

しかし、実際はすべて謀（はかりごと）だった。

千花は文字すら読めず、ただ玉の輿に乗りたくて、嘘の手紙を立夏に渡していたのだという。

そのことを知ってしまった以上、心が離れてしまうのは、無理もないのではないか？

そう伝えるも藤馬は妹への愛情が過剰な故か、聞く耳を持とうとしない。

しかし、立夏の才能は、認めていた。

今の世は、『白虎』と『青龍』の力ばかり持（も）て囃（はや）されているが、藤馬は違った。

四神それぞれの力を合わせることで大きな力になると考え、秋成、春鷹、冬生、立夏を、藤馬直属の四天王とし、『斎王』の護衛を命じたのだ。

話を戻すが、『時世』の記事には菖蒲も眉を顰めたが、公私混同甚だしい。『四神』を招集させるというのは、やりすぎな気がしてならない。

蓉子の恋人である藤馬が、彼女を元気づければ良いのではないだろうか？

「……お兄様のお気持ちは分かりますが、蓉子さんの評判を上げるために『四神』を招集するのはいささか、大袈裟じゃないかしら」

小声で言うと、桂子は目を瞬かせたあと、小さく噴き出した。

「藤馬様が『四神』を招集したのは、『斎王』に関する記事のためではありませんよ」

「では、なんのために？」

「他の記事も見てください」

そう言われて菖蒲はあらためて、目次を開く。

【百鬼夜行の目撃談相次ぐ。鬼の仕業か、京都市内で神隠しの報告も。】

「『時世』は辛口ですが、素晴らしい取材力があります。この記事は見逃せません。何より、このような報告があることを『斎王』に知ってもらいたく、あえてこのような記事を書いた可能性もあるのではないでしょうか」

そうかもしれない。

菖蒲は息を呑み、あらためて記事を書いた編集者の名前を確認した。

草壁徹と書かれていた。さらに奥付を確認すると、『時世』の編集長のようだ。

『急募・雑用係』という文字も目に入る。

以前、菖蒲は立夏の妹、撫子(なでしこ)に、自分はいつか出版社に勤めたいと話したことがある。

だが、その時、自分は『斎王』の候補だった。もし『斎王』になれなかったら、出版社にという想いを抱いていたのだ。

何事にも厳しい目を持っている藤馬や桂子が一目を置く雑誌、『時世』の出版社で、雑用でも働くことができたら……。

菖蒲は高鳴る鼓動を隠すように、雑誌を強く胸に抱いた。

第一章　回り出す歯車

1

「……もしかして、菖蒲さん。素直に本名で応募しようとしていますの？」

長い髪を二つに結い、くっきりとした二重瞼と大きな瞳が印象的な美少女が目の前でピシャリと言う。

彼女は、桜小路撫子。立夏の妹であり、今や菖蒲の親友だ。

菖蒲と撫子は、烏丸三条にある『花椿ビルヂング』に入った。

建物は瀟洒な木造洋館で、中に洋服店や雑貨店、レストラン、甘味処などが入っている。

ここは少し前まで貿易会社の社屋だったが、このハイカラな建物を見学したいという声が多く、それならいっそ、と前衛的な商業施設にしたそうだ。

この試みは成功し、今や『花椿ビルヂング』は、老若問わず女性たちの憧れの場所となっている。

特に『女性同士歓迎』『女性同士割引有〼』と、あえて女性だけでも入りやすいよう張り紙がされている洋風喫茶『ランプ』は、連日長蛇(ちょうだ)の列だ。

今日は平日ということで列も短く、菖蒲と撫子はさほど待たされることなく店に入ることができた。

店内は、照明が落とされ、店名にちなんでいるのだろう、ランプがあちらこちらに飾られ、静かにジャズが流れていた。

落ち着いた雰囲気に二人は浮かれた気持ちで、席に着き、菖蒲はプリン、撫子はバアムクーヘンを注文した。

二人は共にたっぷり砂糖を入れた珈琲(コーヒー)を飲みながら、お喋(しゃべ)りに花を咲かせる。

話の流れで菖蒲は『出版社の雑用係に応募したい』旨を伝えたところ、撫子は先の言葉を告げたのだ。

菖蒲は目をぱちりと瞬(また)かせて、首を縦に振る。

「ええ、もちろん。当然のことですよね？」

そう言うと、撫子はわざとらしいほどに大きく息を吐き出した。

「もう、本当に。無自覚もここまでくると、呆れますわ」

「無自覚？」

「菖蒲さん。あなたは、あ、あの『梅咲菖蒲』なのですよ」

「あの、と言いますと？」

「『梅咲菖蒲』は世に知られた大富豪・梅咲家の一人娘。そのことは分かっていますわよね？」

「あら、うちはもうそんなことはありませんよ」

『玄武』の力を持つ祖父や父は、その才覚を以て事業を成功させ、撫子の言う通り大富豪となった。

成金と揶揄もされたが、そんな妬みの声をかき消すほどの財力があった。

まさに飛ぶ鳥を落とす勢いだったのだ。

しかし、それも長くは続かず、大正九年三月の株価暴落により、日本経済は崩壊した。

一夜にしてすべてを失った者も多い。

梅咲家も大きな打撃を受け、菖蒲の父は失脚した。

今は長男の藤馬が家督を継ぎ、事業の立て直しに尽力している。

現在の梅咲家は、一般家庭よりは裕福だが、決して『大富豪』とはいえない。

そのことを伝えると、

「だとしても、世間は今でも、『大富豪』だと思っていますわ」

撫子はぴしゃりと言って、話を続けた。

「さらに、あなたは何十年かぶりの斎王候補だったのですから」

「でも、わたしは結局、斎王にはなれませんでしたし……」

菖蒲が戸惑いがちに言うと、そこなのよ、と撫子は強い眼差しを向けた。

「世間はあなたを『斎王になれなかった』とは思っていないの。『蓉子さんに斎王を譲った』、奥ゆかしい少女だと思っているのよ」

思いもしない言葉に菖蒲は、ええっ、と目を瞬かせる。

「ですがこれは当たらずとも遠からずでしょう？　あなたには『麒麟』の力があるわけだし」

と、撫子は頬杖をついて、上目遣いを見せた。

『麒麟』の力を持つ者が、斎王になる資格を持つと言われている。

しかし――。

菖蒲は居住まいをただして、真っすぐに撫子を見詰めた。

「撫子さん、それは違います。わたしは、蓉子さんこそ斎王に相応しいと確信したんです」

本来、麒麟の力は、王になるためのものではない。

王を選ぶ力なのだ。

あの時、雷に打たれたように、蓉子こそ斎王の器だと感じた。

その瞬間、自分は立ち上がり、鞍馬寺の本堂を飛び出していたのだ。

自分の中に特別な力があるなんて、今も信じられない。

けれど、もし本当にあるとするならば、あの時、自分を駆り立てたのは、麒麟の力だったのではないだろうか。

菖蒲が迷いなく断言したのが意外だったのか、撫子は何も言わず、少し驚いたように目を見開いている。

すると隣のテーブルにいた青年が、そうですね、と口を開いた。

「本来『麒麟』とは、『王を選ぶ』聖獣といわれています。つまり『麒麟の力』とは王を選ぶ目を持つ者。これまで麒麟の力を持つ者が『斎王』になってきたのは、たまたま自らを選んでいたまでのこと。菖蒲様が蓉子様を適任だと感じたのでしたら、それは譲ったのではなく、正しい選択だったのでしょう」

「冬生さん……」

彼は冷静な口調で言って、眼鏡の位置を正す。

隣の席で珈琲を片手にそう言ったのは、藤馬の四天王の一人、冬生だ。

学問や商才に長けた『玄武』の力を持つ　帝国大学の学生である。

冬生は菖蒲の家庭教師も務めていて、勉強を教える時は菖蒲を『菖蒲君』と呼び、それ以外の場では、『菖蒲様』と呼んでいた。

あら……と撫子が冷ややかな目を向けた。

「眼鏡さん、あなたは今日、私たちの護衛を務めるけれど、『自分は決して話しかけることはしないから存在は無視してもらっていい』って言ってなかったかしら？」

眼鏡さんって、と冬生は眼鏡の縁に指をそえる。

「つい、話しかけてしまったのは失礼しました。それと一つ間違っています」

「何かしら？」

「自分が護衛を務めるのは、菖蒲様のみ。君の護衛まで引き受けたつもりはない」

切り捨てるように言った冬生を前に、はあっ？　と撫子は目を剝いた。

「それじゃあ、菖蒲さんに何かあったら助けるけれど、私が襲われても無視するってこと？」

「もちろん、そういう状況になりましたら助けます。ですが、今の自分は菖蒲様の護衛であって、あなたの護衛ではないということを伝えたかったのです」

と、冬生は慇懃無礼に言う。

「ああそうね、失墜した桜小路家の娘なんて、護衛するに値しないってことよね？」

「そういうことではありません。あなたがどこの娘であろうと関係のない話。自分が護るのは、菖蒲様ただ一人ということです」

その言葉はさらに撫子を苛立たせたようで、険しい表情で言う。

「菖蒲さんに護衛が必要だったのは『斎王候補』だった時でしょう？　斎王が別の方に決まった今、護衛なんて必要ないわよね？」

撫子の言うことは、もっともだ。

今の菖蒲は、『斎王候補』から『神子』になった。

つまり、彼ら四神と同じ立場であり、護衛してもらうような立場ではない。

実際、蓉子が斎王に決まった後、彼らの護衛の任務は一度解かれたのだ。

「わたしも同じことを思っていました。どうして、再びわたしの護衛を？」

菖蒲が少し前のめりになると、冬生は弱ったように顔を背ける。

「……この前の話し合いで決まりました」

藤馬は、『時世』の記事を読み、四天王を招集した。

「今、京の町は不穏な状態にあります」

と、冬生は続けた。

【百鬼夜行の目撃談相次ぐ。鬼の仕業か、京都市内で神隠しの報告も。】

記事の見出しが頭を過り、菖蒲はごくりと喉を鳴らす。

「蓉子様が『斎王』として一般市民の前に姿を現わすのは来年の春——葵祭の時です。ですが、その前に関係者にお披露目する会があります。それが『節分祭』です。その時、八家が見守るなか賀茂の神々に報告することで関係者に認められ、正式に『斎王』として葵祭への準備を始める。言い換えれば、『節分祭』まではまだ不確かな状態です。もし蓉子様の身に何かあれば、菖蒲様を……と考える者も少なくない。すなわち、菖蒲様も同じように用心しなければならないと判断しました。ですので、外出時にはこのように付き添うことに」

「つまり、菖蒲さんは、斎王補欠要員ってことね」

と、撫子が付け加える。

斎王補欠要員って……と菖蒲は苦笑しながらも、合点がいった。

「だから、お兄様はわたしに外出する時は、前もって報告するよう言ってきたのね……」

今日、こうして撫子と会うことも、事前に伝えている。

兄の過保護がさらに加速したのではないか、と菖蒲は思っていた。

「それじゃあ、今あなたは、菖蒲さんにつきっきりで護衛を？」

と、撫子は、冬生に一瞥をくれる。

「つきっきりではありません。普段は桂子さんが菖蒲様を護ることになっています。が、こうしてご自宅を離れる時は、我々四天王が当番で護衛を務めます」

　えっ、と菖蒲は弾かれたように顔を上げる。

「それでは、立夏様がわたしの護衛を務めてくださることも？」

　期待に胸を熱くさせた菖蒲だが、冬生は無慈悲に首を横に振った。

「いいえ、立夏君は別の仕事を任されているので、護衛は、自分、春鷹さん、秋成君の三人が務めます」

　菖蒲はがっかりする心を隠しきれず、そうですか、と洩らす。

　やれやれ、と撫子は頬杖をついた。

「うちのお兄様ってば、本当に藤馬さんに嫌われちゃっているのねぇ」

「藤馬さんは、立夏君自身を嫌っているというわけではなく、単純に菖蒲様には相応しくないと思っているだけです」

「それを嫌っていると言うんじゃないかしら？　うちのお兄様は、妹の私が言うのもなんだけど、なかなかの才色兼備だと思うのだけど」

「才色兼備は、男性に使う言葉ではありません」

「あら、このデモクラシーの時代に古いことを言うのね？」

　撫子に言い返され、冬生は言葉に詰まる。

ややあって冬生は小さく息をつき、口を開いた。

「彼――立夏君の才覚は認めるところです。藤馬さんも四天王として信頼を置いているし、現に今も椿邸に身を寄せているはずです」

今、立夏は、藤馬と共にいるようだ。

藤馬と立夏が二人で、どんな話をするのか想像がつかないが、おそらく、椿邸には白虎の秋成や、青龍の春鷹も一緒なのだろう。

「君の言う通り、美しく技芸に秀でた彼はまさに『朱雀』の化身のようです。だからこそ藤馬さんは心配なのです。彼はかつて他の女性に恋をし、今は菖蒲様に想いを寄せている。藤馬さんの目には、掌を返したように見えるのでしょう」

冬生の言葉を聞きながら、菖蒲は胸が痛くなって、目を伏せる。

同じことをよく藤馬や桂子も言っていた。親しい二人に言われたら反論することもできるのだが、冷静な冬生の口から聞かされると、よりこたえるものだ。

落ち込む菖蒲の横で、そんなの、と撫子が鼻息荒く言う。

「人は、人生でたった一人しか恋しちゃいけないのかしら？　あなただって幼い頃、憧れた方がいたのでは？　その方を今もずっと想っていたりする？」

撫子に詰められて、冬生はほんの少しのけ反った。

「そうは言いませんが、藤馬さんは立夏君の心変わりを懸念しているんです。また新たに魅力的な女性が現われたら、菖蒲様への想いも移るかもしれない。美しい蝶は、一か所に留まらないものなのだと――」

「あら、上手いことを言うわね」

と、撫子は、ふふっと笑って、冬生を横目で見る。

からかわれたように感じたのか、冬生はぶすっとして目をそらした。

冬生は、基本的に無表情だ。

そんな彼の初めて見る面白くなさそうな様子に、菖蒲は思わず頬を緩ませる。

「もしかしたら、撫子さんと冬生さんって、相性が良いのかもしれないですね」

菖蒲がそう言うと、撫子は向きになったように言う。

「やめてくださらない？　私は美しい方じゃないと嫌。お兄様よりも美しい方がいいって思っているんです」

するとと冬生は、眼鏡の位置を正して言う。

「それは良かった。そもそも自分は、君のお眼鏡に適いたいとは思っていません」

「それはどういうことかしら？」

「言葉通りですよ」

菖蒲は、あわわ、と目を泳がせて、睨み合う二人の間に慌てて入る。

「ごめんなさい。『相性が良い』というのは深い意味ではなくて、『お友達として』

ということだったんです」

そう言うと、二人は揃って口を閉ざす。

撫子は気恥ずかしくなったのか、そうそう、と話題を変えた。

「……さっき話していた葵祭の話だけど、眼鏡さんが言っていた『八家が見守るなか』の『八家』って、なんのことなのかしら？」

菖蒲と冬生は、思わず顔を見合わせた。

『八家』のことは、公には知らされていない。

菖蒲も『斎王候補』になってから、初めて聞かされた話だ。

この国には八咫烏の子孫（賀茂一族）を護る、八つの家が存在するという。

八家の存在を知る者は少ないが、江戸時代に『南総里見八犬伝』という物語で、あくまで創作というかたちで登場している。

物語では、犬塚、犬川、犬山、犬飼、犬田、犬江、犬坂、犬村だが、実際の八家は、苗字が一部違っている。

犬童、犬居、犬塚、犬川、犬山、犬飼、犬谷、犬喜の八家だ。この家々は、元々、八咫烏の子孫を護るために結成されたそうだが、今や賀茂一族をしのぐ大きな権力があるという。中でも、犬童家と犬居家が二大勢力だそうだ。

現在は、賀茂一族が、八家に従って動いているようなところもあるという話だ。

彼らのことを無闇やたらと広めるものではないだろう。

菖蒲が返答に困っていると、冬生が答えた。

「賀茂家を後方支援する八つの家を『八家』と呼んでいます。一般にはあまり知られていないので、あまり触れてまわらないようお願いします」

自分も口が滑りました、と冬生はばつが悪そうに小声で言う。

へぇ、と撫子は興味深そうに洩らす。

「影の権力者——という感じかしら」

すぐさま核心を突く彼女に、菖蒲はギョッとし、冬生は息を呑んだ。

撫子は、ふふっ、と笑って、人差し指を立てる。

「それじゃあ、この話題はここでおしまいってことね」

そう言うと、撫子はテーブルの上に視線を移す。二人の前にあったプリンとバアムクーヘンは跡形もなくなり、カップの中の珈琲は既に底が見えていた。

「ねぇ、菖蒲さん、せっかくだから、鴨川(かもがわ)を散歩しません？」

まだ帰りたくなかった菖蒲は、撫子の申し出に、ぜひ、と前のめりで答えた。

そのまま、菖蒲と撫子は『花椿ビルヂング』を出て、三条通を東へと歩く。

少し後ろには冬生がいた。彼は自己主張せずに菖蒲の後を追ってきている。

冬生は訝(いぶか)しげな顔で、周囲を見回していた。

後ろを窺(うかが)っていた撫子は、ふふっと笑って前を向く。

「眼鏡さん、ちゃんと護衛を務めているのね」

「撫子さんったら、眼鏡さんじゃなくて『冬生さん』ですよ」

「通じるからいいじゃない。それにしても彼、あんなにヒョロヒョロだけど、本当に護衛なんて務まるのかしら？」

撫子の疑問に、もう、と菖蒲は肩をすくめるも、強く反論はできなかった。

実のところ菖蒲自身、同感だったからである。

冬生は『玄武』。学問に秀でているのは誰もが認めるところだが、武芸に関しては疑問が残った。

鴨川の河原に出ると、若い男女が一定の距離を置いて座っている姿が散見された。

わっ、と菖蒲は思わず口に手を当てる。

「もしかして、『デエト』かしら」

「そうね。最近お見合いをしたあとに、交流を深めるために河原を散歩するというのが流行(はや)りだそうよ」

「まあ、素敵ね」

自分も立夏とああして河原に座って、お喋りができたら……。

そんなことを妄想して、菖蒲は熱くなった頬を摩る。

その時だ。

「――ずっと、ついて来ているようですが、何用ですか？」

冬生の怒気を含んだ声が耳に届いた。

菖蒲と撫子が振り返ると、冬生は腰に差していた警棒を手にした状態で中年男性を睨みつけていた。

冬生の凛とした佇まいには迫力があり、男性は慌てたように言う。

「ごめんごめん、カフェーで梅咲菖蒲さんと桜小路撫子さんが一緒にいるの見掛けて。なんだか興味深くて、つい」

男性は、三十代半ばで、着流しに羽織、マフラーを身に着けていた。

しばらく床屋に行っていないのか、髪は少し長めで、無精ひげを生やしている。

菖蒲と撫子は顔を見合わせたあと、彼を見た。

「私たちを知っているんですか？」

菖蒲と撫子の声が思わず揃う。

そりゃもちろん、と彼は袖口から名刺入れを出した。

「失礼しました。自分はこういう者です」

名刺には『時雨書院　時世編集部　編集長　草壁徹』と書かれている。

菖蒲は目を見開いた。

「あなたが、『時世』の編集長？」

おっ、と草壁は嬉しそうな声を上げる。

「あなたのようなお嬢様にも知っていただけているなんて光栄ですね」

「女学校時代から拝読しています」

元々、女学校の図書室に置いてあったのを読んだのがきっかけだ。

色々な話題に切り込んでいるのと、媚びを売らない姿勢に好感が持てた。

そのことを伝えると、草壁はさらに嬉しそうな表情になる。

ですが、と菖蒲は眉間に皺を寄せて、話を続けた。

「今回の斎王の記事は、どうかと思いました」

「――どうかというと？」

「多くの人は、蓉子さんを祝福しています。あんなふうに書いたなら、『蓉子様は歓迎されていなかったんだ』と思ってしまう人も出てくると思うんです」

「ですが、彼女が斎王になることを良く思っていない者がいるのは事実です。菖蒲さんは、事実を伏せて、都合の良いことだけを伝えた方が良いと？」

草壁は優しい口調でそう問う。笑顔だったが目は笑っておらず、菖蒲は一瞬気圧されるも、いいえ、とはっきりした口調で答えた。

「都合の良いことだけを伝えてほしいとは思っていません。事実を伝えるのは大切なことです。ですが、その書き方に問題があったのではないでしょうか？」

おや、と草壁は首を傾げる。

「書き方というと？」

「大衆の心理を誘導（ゆうどう）するような書き方です」

「俺はとても平等に、公平な目で書いたつもりでしたが」

草壁は腕を組んで、菖蒲を見やる。

「概（おおむ）ね、そうだったかもしれませんが、問題は文末です」

――筆者としては、ぜひ葵祭で綾小路蓉子様に、『斎王』の能力を発揮し、『彼女は、相応しくない』という心無い声を封じてほしいと願っている――。

あの記事はこのように締めくくられていた。

「最後の『彼女は、相応しくない』という言葉は、読み手の心に残ってしまいます。あれは入れるべきではなかったかと。あの一文には、あなたの私情が挟まれているのではないでしょうか？」

菖蒲が、まっすぐな眼差しでそう言うと、

「いや、これは、参った」

草壁は、ははは、と笑って、話を続けた。

「菖蒲さん、良かったら、今からうちの編集部に来ませんか？　あのような記事を書いた真意をしっかりお伝えします。もちろん、撫子さんに眼鏡君も一緒に」

菖蒲は二つ返事で、ぜひ、と答えかけて、撫子を振り返った。彼女は興味がないかもしれないと懸念したのだが、撫子は好奇心に目を輝かせている。

「面白そうじゃない。ちょうど護衛もついていることですし、行きましょう」

ええ、と菖蒲は微笑んで、今度は冬生に視線を移した。

「冬生さん、いいかしら?」

「自分はただの護衛です。あなたの後をついていくだけですよ」

冬生は、帽子をかぶり直す。

「良かった。『時雨書院』はここから歩いてすぐなんです」

そう言って草壁は、鴨川沿いを北へと向かって歩き出した。

2

――かこん。

閉ざされた門の向こうで、鹿威(ししおど)しの竹音が響いた。

その音は、『審神者(さにわ)』がつどう屋敷、『椿邸』の庭から発せられたものだ。

椿邸とは、京都御所の東側にある平屋の和風邸宅の通称であり、広々とした庭には、四季折々の花が咲く。中でも特に椿が美しいということで、椿邸と呼ばれていた。

冬椿の蕾(つぼみ)が膨らみつつあり、年の瀬を感じさせた。

正月には、見頃を迎えるだろう。

桜小路立夏は、窓の外に広がっている椿邸の庭を眺めながら、眦(まなじり)を緩める。

自分の両隣には、白虎の秋成、青龍の春鷹が座っていた。

秋成は、白い軍服姿で、春鷹は立夏と同様に着流しに羽織だ。

玄武の冬生の姿はない。彼は今、菖蒲の護衛を務めているのだ。

菖蒲の護衛は、当番制であり、次は秋成、春鷹の順だ。しかしながら、立夏の番は回ってこない。自分は、当番から外されていた。

彼女の兄である藤馬が、自分と菖蒲がより親しくなるのを懸念しているためだ。

悔しい気持ちもあるが、それ以上に『仕方ない』と納得もしていた。

かつての自分は、菖蒲を傷付け続けた男なのだ。

どの面を下げて彼女の前に立っているのだろう、と自分でも思っている。

ぼんやりそんなことを考えていた立夏だが、部屋に藤馬が現われたことで、すぐに居住まいを正してお辞儀をした。

秋成と春鷹も、立夏と同じように藤馬に向かって頭を下げている。

藤馬は、いつものように悠々と自分たちの前に腰を下ろして、会釈をした。

「今日はありがとう。集まってもらったのは、他でもなく例の件だ……」

藤馬は、そこまで言って、秋成に視線を移す。

秋成は再びお辞儀をしてから、口を開いた。

「『時世』という雑誌が、百鬼夜行の目撃情報を掲載したことで、俺たち白虎班は、調査に乗り出しました」

そう言うと、秋成は折り畳んでいた紙を開いて、自分たちに見せる。

『怪異の報告』という見出しと、京都市街の地図が目に入った。

御所から見て北側、西側、南側にバツ印がついている。

「印がついているところが、実際に妖の目撃情報があった場所です」

昨今、悪霊、妖怪などはすべて『鬼』と呼んでいるが、今回の事件は、がしゃどくろや提灯の化け物など『妖怪』の目撃情報があるということで『妖』としていた。

春鷹は扇で口許を隠しながら、地図に顔を近付ける。

「ちなみに、秋成君は、妖を目撃したん？」

いいえ、と秋成は渋い顔で首を横に振った。

「その地に残る妖気は感じ取ったんですが、俺たちは誰一人として目撃できませんでした」

春鷹は、そうやろうなぁ、と鷹揚に応える。

当たり前のようにそう洩らした春鷹の様子を見て、藤馬は眉根を寄せた。

「春鷹さんは、どうしてそこで納得を？」

「そら、簡単な話や。秋成君ら、白虎班は白虎の力を持つ『神子』の中でも選りすぐられた精鋭さかい。その力を感じ取って、妖たちは逃げ出したんやろ」

ってことは、と秋成は顔を明るくした。

「それほど脅威ではない妖ってことですか？」

「ちゃう。あんたら、白虎班やったら滅することができるやろうけど、力がない人にとっては大変なことや。そもそも、この大正の世に妖が目撃されるてこと自体、異常やさかい」

春鷹の言葉に、藤馬は目を伏せて黙り込み、場が静まった。

ややあって藤馬が、顔を上げる。

「なぜ、こんなことが起きているか、春鷹さん、視てもらっていいですか？」

春鷹は、分かりました、と傍らに置いていた風呂敷をほどく。

包みの中には、細い竹の棒と筒が入っていた。

「それは……？」

立夏が首を伸ばして静かに訊ねると、

「易やねん。この竹の棒は『筮竹』、そしてこの筒は『筮筒』言うんや」

と、春鷹は、風呂敷をそのまま広げて、中心よりやや上の方に筮筒を置いた。

思わず問うた立夏だが、それが易に使う道具であるのは知っていた。

立夏はこれまで、蓉子をはじめ、青龍の能力を持つ者に会ったことがある。

蓉子の場合は、早朝木々の中に立ち、目を瞑り、手を広げて龍の声に耳を傾けていた。他には、部屋に籠って瞑想することで声を受け取る者、はたまた夢に見ると言った者もいた。

しかし、易を使った者は実際に見たことがなかったため、少し驚いたのだ。

そんな立夏の戸惑いを察したように、春鷹は口角を上げる。

「僕も昔は、予知夢を見たり、ふとした時に龍の声を聴いたんやけど、汚れてしもてから、それがあかんようになってしもて」

「汚れ――？」

立夏が思わず眉根を寄せると、春鷹が耳元で囁く。

「女の人と交わってから、あかんようになってしもた」

その言葉に、立夏の頬が熱くなった。

春鷹はまだ未婚であるが、女性と同衾したことがあり、それから自然に龍の声を降ろせなくなったということだ。

そんな春鷹の囁きは、秋成にも聞こえたようで、顔が真っ赤になっている。

だが、秋成は自分の動揺を隠すように、んんっ、と咳払いをして、春鷹を横目で見た。

「では、あなたはもう『審神者』どころか、『神子』でもないのでは？」

それがなぁ、と春鷹は筮竹の束を手にしながら応える。

「龍の声を直接降ろせへんようになってしもても、僕には、審神者ならではの力があるんや。見鬼の力が少しあるのと、人よりも何倍もカンがええ、ほんで……」

「ちょっとカンがいいだけなんて、それじゃあ一般人と変わらないじゃないか」

春鷹が言い終わらないうちに、秋成は突っかかった。

『神子』とは特別な存在だ。

秋成は、庶民の出であり、能力を認められて『神子』となった。

一方の春鷹は名家――公爵家の子息（次男）という話だ。祖父は長く審神者を務め、今や長老のような存在となっている。能力が乏しくても、家柄が良いから『神子』になれているのではないか、という秋成の懸念と憤りが伝わってくる。

もう一つ、秋成には面白くないことがあった。

秋成は、白虎班の班長となったのだが、その部下の中に春鷹の家の家臣が何人もいたという。

春鷹はにこやかに『秋成君、うちの子たちをよろしゅう』と言ったのだが、それは初めて部下ができて歓喜していた秋成の心に水を差してしまったようだ。

春鷹は、いややな、と肩をすくめる。

「話は、最後まで聞いてほしいんやけど」

分かった、と秋成はばつが悪そうに口を閉じる。

「自然には龍の声を降ろせなくなってしもた僕やけど、この易を使うたら、話は別やねん。僕の易占いは確実に当たるんや。百パァセントや」

春鷹の話を聞いて、秋成はごくりと喉を鳴らした。

「確実……絶対に当たるってことは、なんでも分かるってことじゃないか」

「そういうことや。ただ、易は解釈が難しいさかい。後になってから、当たっていたと分かることが多いんやけど……」

ははは、と春鷹は笑って、表情を正す。

「ほんなら、始めましょか」

春鷹は筮竹をしっかり持ち、ぶつぶつと何かを唱えてから、竹を一本引き抜いて、筮筒の中に入れた。

皆が注目しているなかで、春鷹は筮竹をじゃらじゃらと鳴らし、右の掌で小さく八回叩き、今度は強めに四回叩く。

叩き終えると、右手で下から包むようにして自分の方へ引き寄せ、次に右手の親指を筮竹の間に差し込む。

その瞬間、春鷹がぐっと腹に力を入れたのが伝わってくる。二つに分かれた筮竹の半分を箸置きのような台（卦六器というらしい）に置き、置いた中から一本、手に取った。その一本を小指と薬指の間に挟み、

「天・沢・火・雷・風・水・山・地……」

と、挟んだままの状態で左手にある筮竹の数を数えている。見ていると、八本ずつ区切って数えているようだ。

そして最後に残った数——あぶれた数は、一本だった。

それを見て春鷹は、天……と囁き、再び筮竹をまとめて、先ほどと同じ工程を辿る。

これは後から春鷹に教わったのだが、筮竹で占う易は八本ずつ分けていって、最

後に残った数が答えなのだという。

一本ならば、天。

二本ならば、沢。

三本ならば、火。

四本ならば、雷。

五本ならば、風。

六本ならば、水。

七本ならば、山。

八本で割り切れたならば、地。

まずは、これを二回行う。

春鷹がもう一度行った結果、次もあぶれた数は、一本だった。

一本が二回出たということは……。

「天と天――」

天と天ならば、乾為天（けんいてん）。

沢と沢ならば、兌為沢（だいたく）。

火と火ならば、離為火（りいか）。

雷と雷ならば、震為雷（しんいらい）。

風と風ならば、巽為風（そんいふう）。

水と水ならば、坎為水（かんいすい）。

山と山ならば、艮為山（ごんいさん）。

地と地ならば、坤為地（こんいち）。

そうやって、組み合わせは、六十四卦（け）あるという。

春鷹は、最後にもう一度、筮竹を手に取る。

今度は八本ではなく、六本ずつ数えていく。

左の薬指に挟んだ竹も合わせて、何本残ったかで、『乾為天』の中の段階が分かるそうだ。


一本残ったならば、初爻（しょこう）。

二本残ったならば、二爻。

三本残ったならば、三爻。

四本残ったならば、四爻（よんこう）。

五本残ったならば、五爻。

六本で割り切れたならば、上爻（じょうこう）。

春鷹の手に残ったのは、再び一本。初爻の暗示だ。

「出たか？　今起こっている出来事の吉凶は？」

前のめりになった藤馬に、春鷹は鋭い眼差しを向けた。

「藤馬はん、森羅万象にとって、すべての出来事は必然、吉凶いうんはないんや。たとえば過去に起こった戦も、ある人の感覚では災厄やけど、ある人にとっては大義や。さらに歴史的に見ると、世が変わるための必要な戦やったという見方もできる」

そやから、と春鷹は話を続ける。

「今回の怪異には、どんな意味があるのかと、僕は問うて占いました」

その結果は、『乾為天の初爻』。

藤馬は、分かった、と苦々しい表情で応える。

「では、その占いの意味は?」

「『乾為天』の卦は、卦全体を龍に見立てるんや。龍は、そのまんま龍ていうわけやなく、強さや高い能力、権力や位の暗示でもある。その初爻。つまり地下に潜ってる龍ってことや。この結果は、『地下にいる龍は、用いるべきやない』ってことや」

「それは、どういうことだ?」

と、秋成は眉間に皺を寄せる。

藤馬も口には出さなかったが、同じような顔をしていた。

先ほど春鷹が、解釈が難しいと言っていた意味が腑に落ちた。

この卦を見た時は、意味が分からなくても、時が経つと『当たっていた』となるのだろう。

立夏は、そういうことか、と納得する。

春鷹は、筮竹をまとめながら、ぽつりと洩らした。

「僕が思うに世に妖が出る時は、政が天意に背いている時や。妖は最近になって、急に出てきた。それは、いつ頃からやろか」

その問いかけに、皆は顔を見合わせた。

誰も言葉に出さなかったが、蓉子のことが頭に浮かんでいた。

少しの沈黙の後、藤馬は額に手を当て、不本意そうに洩らした。

「つまり、『地下にいる龍』とは、蓉子の暗示……彼女が斎王になるのを天が良く思っていないということか？」

「天とは、言うてません。ただ、そのことを良く思っていない者たちの想いが、この事象を引き起こしているる可能性があるてことや」

藤馬は俯いて黙り込み、重い空気が場を包んだ。

そんな中、立夏がそっと口を開く。

「とりあえず、妖をなんとかするのが先決かと」

ああ、と藤馬は我に返ったように顔を上げる。

「『節分祭』までには確実に片付けておきたいものだ。しかし、白虎班が近付いたなら、逃げてしまうとなると難儀だな」

「そうなんですよね。かといって、力のない者にはどうしようもないし……」

と、秋成が腕を組む。

あの、と立夏は一歩前に膝行した。

「古より妖は笛の音に惹かれると聞いてます。僕が囮になって妖を惹きつけるというのはどうでしょうか」

そう言った立夏に、秋成は顔を明るくさせた。

「それは名案かと。笛の音に集中している時は妖も俺たちの気配に鈍くなっていそうですし、少し離れたところで待機していて、妖たちが集まってきたところで俺たちが駆け付けて退治する」

ほんまやな、と春鷹も相槌をうつ。

「何より、妖は美しいものを好むさかい、立夏君やったら申し分あらへん」

盛り上がる二人だったが、藤馬だけは渋い顔をしていた。

「そう言うが、かなりの危険を伴うぞ」

低い声で忠告した藤馬に、立夏は間髪を容れずに返す。

「わかっています」

「立夏君は、藤馬お兄様の信用回復に必死やなぁ」

と、春鷹は少し茶化すように言う。

「そんなつもりは……」

「冗談やで。かんにん」

すぐに撤回されて、立夏は苦笑する。

藤馬の言う通り、かなりの危険が伴うのは、はなから承知の上だ。

それでも申し出たのは、藤馬のご機嫌伺いでも、信用回復のためでもない。

さらに言うと、蓉子のためでも、妖に怯える民衆のためでもない。

菖蒲のためか、と問われると、それも少し違っている。

これは、自分のためだった。

時を重ねるごとに、菖蒲への想いが大きくなるごとに、自分を責める声が大きくなっていく。

一言で表すならば、贖罪だろう。

「ぜひ、僕にやらせてください」

真っ直ぐな眼差しを見せた立夏に、藤馬は意を決したように口を開く。

「分かった。では、君に囮になってもらおう」

立夏は黙って、頭を下げる。

自分たちの与り知らぬところで大きな力が動いていることを皆それぞれに肌で感じながら、誰も口にはしなかった。

第二章　斎王の制度

1

出版社というと前衛的なビルヂングを想像していた菖蒲だったが、雑誌『時世』を刊行している出版社『時雨書院』はどこにでもあるありふれた町家――木造建築の二階建て住居だった。

場所は、木屋町通二条下ル。島川製作所の本店兼住居の近くである。

「まぁ、驚いた。普通のおうちなのね」

撫子は、町家を見上げて、少し気が抜けたように言う。

「ちょっ、撫子さん」

菖蒲も同じことを思っていたが口には出さなかったのだ。すると冬生が、思わず、という様子で口に手を当てた。肩が小刻みに揺れている。

笑いを堪(こら)えているのだろうか、と菖蒲が注目していると、視線を感じ取った冬生は何事もなかったように口から手を離して、冷ややかに言う。

「どうやら君は、思ったことをそのまま口にする人のようだな」

「ええ、ワタクシの中には、オブラァトはございませんので」

さらりとそう返した撫子に、冬生は言葉に詰まる。

草壁(くさかべ)がふふっと笑った。

「どうやら、撫子お嬢様はとても頭が良さそうだ」

「そんなっ、私は頭なんて……」

すると今度は、撫子が言葉を詰まらせ、ごにょごにょと洩(も)らしている。

その様子は、菖蒲にとって意外なものだった。てっきり撫子ならば得意満面で返すだろうと予想していたからだ。

草壁は、そうそう、と話を戻し、

「ここは、社長の住宅兼出版社だから、本当に『普通のおうち』なんですよ」

そう言って、引き戸を開ける。

小さな玄関の横には、天井まで届く靴棚が設置されていた。

「ああ、脱いだ靴はその棚に入れてほしい。人が集まるとたちまち玄関が靴で溢れてしまうんだ」

　草壁の言葉に従って、菖蒲、撫子、冬生の順に建物の中に足を踏み入れる。

「一階が編集部で、二階が社長の住居だよ」

と、草壁は、玄関を入ってすぐに見える襖(ふすま)を開ける。

　広さは六畳二間。元は畳だったようだが、それを取っ払って板の間になっている。所狭しと机が並び、その上にはおびただしい量の新聞や雑誌が積み上げられていた。

　壁に『良くない想像は、良くない創造をしてしまうもの』という文言が貼られていた。

　撫子は、あんぐりと口を開けた。

「……ちょっとしたことで、火事になりそうな部屋ね」

「そうなんだよ。一度、煙草(たばこ)でボヤ騒ぎを起こしたことがあって、室内での喫煙を社長から禁じられていてね」

　草壁は、ははっ、と笑って、お茶を淹(い)れますね、とそのまま台所へと向かう。

「ああ、どこか適当な椅子に座ってください」

　菖蒲、撫子、冬生は一瞬顔を見合わせるも、思い思いに近くにあった椅子に腰を下ろした。

　菖蒲さん、と撫子が前のめりになる。

「本当にこんなところで働きたいと思いますの？　部屋の中を歩くのも大変な散らかりようよ」

「きっと片付けができないくらい忙しいんだと思います。だから求人を出しているのではないかと……」

　そんな話をしていると、

「そうなんですよ。この通りの人手不足で」

と、台所から戻ってきた草壁が言う。

　菖蒲はためがいがちに訊ねた。

「今、他の方はいらっしゃらないのですか？」

　ええ、と草壁は皆の前に、ほうじ茶が入った湯呑みを置く。

「うちの出版社は社長と俺以外に編集者が数人いるんですが、基本的に常に出払っていまして」

「どちらへ？」

「取材ですね。『時世』は調査力が売りの雑誌です。足を使って情報を得るんですよ。かく言う俺も取材に出ていて、その帰りにあなた方を見付けたので様子を窺っていたというわけです」

　草壁の言葉を聞いて、菖蒲は納得した。

「取材というと、『百鬼夜行』の件ですか？」

もちろん、と草壁は強く首を縦に振る。

「ただ、あの記事を書いたことで審神者たちが動き出してくれたみたいだから、今後は彼らの動向を探りつつになるね」

実際、『時世』の記事を受けて、藤馬は四天王を呼び、対策を講じている。

それもすべて筒抜けであることに菖蒲は驚いた。

「なぜ、そのことを？」

「うちの者が椿邸の前で張り込みしていたので。動きを見ていれば分かるんです」

草壁は少し得意げに言って、湯呑みを手にする。

それまで黙って話を聞いていた冬生が、あの、と訝しげに口を開いた。

「おや、眼鏡君、なんだろう？」

冬生は、また『眼鏡君』と呼ばれたことに一瞬眉根を寄せるも、取り合わずに質問した。

「あなたが言う通り、『時世』の記事が出たことで、審神者が動き出し、神子たちが調査に乗り出している。この件は神子ではない自分も手伝っています」

「優秀な玄武の君は、梅咲藤馬の『四天王』だしね」

うんうん、と草壁は相槌をうつ。

本当に何でも知っているようだ。

「ええ。今日も報告会が行われています。自分は別の仕事があって出席しないので、調査に乗り出していた白虎の秋成君から、今朝、話を聞いたんですが――」

別の仕事というのは、菖蒲の護衛だ。自分のせいで冬生の仕事の邪魔をした気持ちになり、菖蒲は申し訳なさに身を縮める。

「たしかに、妖の目撃情報はあるそうなんですが、話を聞く限り、現われた妖は今のところ単体ばかり。なぜ、『百鬼夜行』と記事に書かれたのでしょう?」

そうだ。『百鬼夜行』とは、妖たちが列をなして闊歩することを指す。単体の妖が目撃されたとなれば、百鬼夜行ではなく、怪異現象だ。

「よもや、その単体の妖たちが集まって行列を作る兆しがあり、あなた方はその情報をつかんでいて、記事に書いたのでしょうか?」

メガネの奥の冬生の目が鋭く光る。

草壁はごくりと喉を鳴らしたあと、少し愉しげに口角を上げた。

「さすが、『玄武』は鋭いなぁ」

えっ、と菖蒲は目を瞬かせる。

「では、草壁さんは、妖たちの動向を知っていて?」

いやいや、と草壁は首を横に振る。

「今の妖たちの動きを把握しているわけではなくてね……」

と、彼は机の上に積み上がっている雑誌の中から、古い『時世』を引っ張り出して、頁をめくった。

「かつて似たようなことがあったんだ。君たちをここに呼んだのは、これを見てもらいたかったからなんだよ」

【明治の世に百鬼夜行。奇跡の神子・桔梗姫が魔を斬る！】

そこには、まるで大衆劇の煽り文のような見出しが大きく載っている。

羽織に袴姿の女性の姿絵も添えられていた。

桔梗姫？　と菖蒲が洩らす。

「明治時代の斎王でね、この記事が出た時は、まだ神子だった。紅一点の神子だったから、『桔梗姫』という愛称だったんだ」

冬生が、ああ、と思い出したように相槌をうつ。

「『伝説の斎王』と言われている方ですね」

「伝説の斎王って？」

と、撫子が小首を傾げると、草壁が答えた。

「古の世、斎王は未婚の内親王、つまり『清い乙女』が務めるものでした。それが、神子の台頭により、内親王のみならず、麒麟の力を持つ未婚の清い乙女ならば斎王の資格を得るようになりました」

草壁の話を聞きながら、菖蒲たちは黙って相槌をうつ。

神子の力は、隔世遺伝と思われている。たとえ、庶民の出でも神子の力が発現したならば、やんごとなき方の落とし胤だとされるため、麒麟の力を持つということは、内親王と同等という考えだ。

そして、『清い乙女』とは、男性と性交渉を経験していない女性を指している。

「今はさらに制度が変わり、麒麟の力を持つ者、麒麟に見出された者ならば、未婚でも既婚でも母親でも、斎王に選ばれるようになった。これはとても大きなことで、この制度に変えたのが、彼女――犬童桔梗様なんだ」

桔梗の苗字は、犬童というようだ。

「犬童というと、八家の？」

菖蒲の問いに、草壁は、ええ、とうなずく。

「八家の犬童だよ」

このことは、冬生も知らなかったようで、驚いたように洩らす。

「彼女は、犬童家の縁の方だったんですね」

「伝説の斎王のことを知りながら、どうして、姓を知らなかったの？」

と、撫子が、横目で冬生を見た。

「彼女のことは、『桔梗姫』と下の名しか表に出ていなかったんだ。さっきの雑誌の見出しにも、『奇跡の神子・桔梗姫』としか書いていなかっただろう?」

……そうだったわね、と撫子はうなずく。

「八家は今や賀茂を凌ぐ名家ですが、その名は表立っては知られていないし、また知られることを嫌っている。だから、彼女の姓は伏せられていたんだと思いますよ」

草壁はそこまで言って、それに、と話を続けた。

「彼女は、犬童家の令嬢というわけではありませんし」

どういうことですか?　と菖蒲は問う。

「桔梗姫は、元々庶民の出。幼い頃から見鬼の力を持っていたそうでね。十三で神子となり、爵位を賜って侯爵となった。その頃に犬童家の三男と出会い、恋愛関係となって、ご結婚を――」

庶民の出の神子と高貴な家に生まれた青年が出会い、恋に落ちるなんて、まるで物語のようだ。菖蒲と撫子は、まぁ、と目を輝かせた。

「当時の桔梗姫は、神子の中ではごくごく普通の白虎であり、審神者になれるような器でもなかったとか。そのため、彼女は結婚と同時に神子の仕事を引退して、家庭に入ったそうです。子宝も授かって、幸せに暮らしていたとか」

草壁は、当時の『時世』の記事に視線を移す。

「この事件はそんな頃に起こったものなんだ。京都のあちこちで妖が目撃されるようになった。その妖が単体で出ている時は大して力のあるものではなかったんだが、やがて、その妖たちが集結して、市中を歩き回るようになった」

それが、当時の百鬼夜行ということだ。

「その、百鬼夜行が出ると、世の中にはどんなことが起こるのでしょうか？」

と、菖蒲が問うと、冬生が答えた。

「百鬼夜行に限らず、怪異を目撃した者の多くは心を患うと言われています。また、妖は子どもや美しい者を好むので、神隠しが起こるという話もよく聞きますね。怪異が発生した場所からは『魔』が発生するので、その地の波動が下がってしまう。そうなると、醜い争いごとが勃発し、悲惨な事件につながってしまうとか。妖がつどう百鬼夜行ともなれば、流行り病が起こるという話です」

そうだね、と草壁はうなずく。

「当時、まさにその状況となった。人が忽然と姿を消したり、小競り合いから事件が起こったりね。そして、京の町に病が蔓延した。その病は桔梗姫の二歳になる子にも魔の手を伸ばした。彼女は我が子の様子を見て、これはただの病ではなく、妖たちの所業だと気付いたそうだよ。その時、桔梗姫は覚醒したんだ」

覚醒……、と菖蒲が静かに洩らす。

「それは、どのようにでしょうか？」

「どのようにっていうのかな。自分が魔を滅すると立ち上がったそうだよ。羽織に袴を纏い、長刀を手に百鬼夜行の許へ駆け、その長刀を振り下ろした。桔梗姫の強い力が長刀を伝って、放出されて、百鬼夜行に激突し、妖たちは灰のように散り散りになって消えたという。体内の力を放出するというのは、麒麟の力のなせる業——桔梗姫はおそらく、『強い怒り』が引き金となって覚醒したんだ」

菖蒲も桜小路家が火事になった時、体内の力を外に放出し、炎を退けたことがあった。そのことから、麒麟の力を持っていると言わるようになったのだが、菖蒲自身は、その時のことを覚えていなかった。

「この事件を経て、桔梗姫は斎王になった。それまで斎王は未婚の女性がなるものとされていたけれど、ここまでの力を見せつけられては、誰も異論はなかったそうだよ」

菖蒲たちは納得して、大きく首を縦に振る。

ただね、と草壁は話を続ける。

「『特別な力があれば、斎王は既婚者でも良い』となったのは、桔梗姫のずば抜けた活躍があってのこと。ある意味特例のようなものだったんだ。民草の深層心理下には、『やはり斎王は清い乙女がなるもの』という想いが根強く残っている。次の斎王は、そうあってほしい、元に戻ってほしいという気持ちがあった」

　撫子は、ふぅん、と洩らして腕を組んだ。

「それで、次は菖蒲さんのような清い乙女が斎王になりそうだったから、タミクサとやらは喜んだわけね。これで軌道修正できたって。それなのに、また既婚——いえ、結婚経験者の蓉子さんが斎王に選ばれてしまった。しかも蓉子さんは伝説の斎王のような活躍をしているわけじゃない。納得できる材料がなかった」

　そういうことだね、と草壁がうなずく。

「明治以来、久方ぶりの斎王決定に世間が喜んでいるのは事実。制度が変わった今、蓉子様がなっても問題ない。しかし、それを良く思っていない者たちもいる。俺たち出版関係の人間は、その真実をしっかり伝えなくてはならない」

　草壁は今月号の『時世』を手にし、菖蒲を見た。

「そういうわけで、今回のような記事を書きましたと伝えたかったんだ」

　菖蒲は返す言葉もなく、ぐっ、と息を呑む。

　ところで、と草壁はするりと話題を変えた。

「さっきの話を聞いてしまったんですが、君はうちで働きたいと思っているとか？」

その問いに菖蒲は気を取り直して、はいっ、と弾かれたように応える。

「わたし、出版社で働きたいという想いがありまして……」

「この散らかり放題の事務所を見ても考えは変わらない？　君がここにきてもほぼ、雑用しかないよ」

「変わりません」

まっすぐな目で迷いなく返した菖蒲を見て、草壁は可笑しそうに笑う。

「面白いお嬢様だな、君は」

「梅咲家は失脚しました。今のわたしは『お嬢様』ではありません」

と、菖蒲は向きになって言う。

「それでも、まだまだ君はお嬢様ですよ。その熱意は面白いけど、今の君を雇うわけにはいかない」

「あなたから見て、わたしが『お嬢様』だからでしょうか？」

そういうわけではないけど……、と草壁は洩らすも、すぐに訂正した。

「いや、そうだね。なんたって、今の君は常に護衛付きなんだろう？　四天王に付き添ってもらいながら、うちで働くつもりかい？」

菖蒲は何も言えなくなって、目を伏せた。

もっともな話だ。自分がここで働くとなれば、常に冬生や秋成、春鷹に付き添ってもらっての出勤となる。

菖蒲が肩を落としていると、ねぇ、と撫子が冬生に向かって訊ねた。

「眼鏡さん、あなた方が菖蒲さんを護衛するのは、この百鬼夜行事件が解決したら、節分祭までの話なのよね？」

「ええ、そう聞いています」

と、冬生は眼鏡の位置を正す。

「それじゃあ、この事件が解決できたら、菖蒲さんも晴れて自由の身じゃない」

すかさずそう言った撫子を見て、菖蒲は高揚して頬を赤らめた。

「本当にそうね。まずは、この事件が解決するよう、わたしも尽力するわ」

そんな二人の様子を前に、草壁はまた可笑しそうに笑い、冬生は何も言わずに撫子を見ていた。

あの、と菖蒲は草壁の方を向く。

「もっと、桔梗姫のことを教えていただけませんか？」

「ええと、どんなことを？」

草壁は戸惑ったような顔をした。

「なんでもいいんです。伝説の斎王のことを知る必要がある気がして」

そうか、と草壁は少し嬉しそうに頬を緩ませた。

「それじゃあ、件の百鬼夜行の話を……」

菖蒲は瞳をそらさず、草壁の話に耳を傾けた。

2

「撫子さん、冬生さん、今日は本当にありがとうございました」

上賀茂の社家、梅咲邸の前まで来た時には、陽は西に傾いていた。

菖蒲は邸の門の前で足を止め、二人を前に深々と頭を下げる。

「こちらこそ。菖蒲さん、また遊びましょうね」

にこやかな笑顔で手を振った撫子に対して、冬生は何も言わずに会釈をしただけだ。

菖蒲が門の中に入り、桂子の許へ向かったのを確認したところで、冬生は安堵の息をつく。

「護衛も大変ね。お疲れ様」

ひらひらと手を振って、撫子が歩き出すと、冬生もその後を追ってきた。

撫子は怪訝そうに振り返って、冬生を見やる。

「えっ、何かしら？」

「君のことも送るよ」

「あら、あなたは菖蒲さんの護衛であって、私の護衛ではないのよね？」

「……直に暗くなる。女性一人では危ない」

不本意そうに言う冬生を見て、撫子はふふっと笑う。

「それはそれはどうもありがとう。どうせ送ってくださるなら、後ろをついてくるのではなく、隣を歩いてほしいわ。つけられているみたいで気持ち悪いもの」

「護衛は一歩後ろにいた方がしやすい。それに自分が隣にいては噂になることもあるだろう」

「『審神者』の四天王に選ばれた玄武の冬生サマですもんね。没落した桜小路家の娘と噂になったら、たまったものじゃないですよね」

撫子がそう言うと、そうではなくて、と冬生は間髪を容れずに言う。

「君に迷惑がかかるだろう」

「迷惑なんて、本気で言ってます？」

「それはそうだ。君は年頃のお嬢さんだ」

「『年頃のお嬢さん』である私にくる縁談なんて、二回りも三回りも年上のおじさまよ。お妾さんにならないかって話もある」

はっ？　と冬生は不快感を顕わにする。

「妾だなんて、そんな失礼な申し出を？」

仕方ないわ、と撫子は息をつく。

「さっきも言った通り、桜小路家は没落したんですもの。学も才もない私はいずれ父親のような年の男の許に後妻として嫁ぐか、妾になるかしかないと思っているし……」

「学も才もないだなんて、本気で言っているのか？」

冬生は顔をしかめて撫子を見る。ええ、と撫子はうなずいた。

「私は、小学校しか出ていませんもの」

「そんなのは関係ないだろう。『時世』の編集長が言っていた通り、君はとても頭の回転が速く、明晰な女性だと自分も感じている」

冬生がそう言うと、撫子はばつが悪そうに目を伏せる。

「……何も知らないからそう言うのよ」

「どういうことだろう？」

撫子は深く俯き黙り込む。

ややあって、ぽつり、と零した。

「私、本当はほとんど文字を読めないの」

冬生は何も言わずに、撫子を見下ろした。

「長男の喜一（きいち）お兄様がね、女に学問は必要ないって……私は元々生意気だから、これ以上知恵をつけない方がいいと言って。おまえは富豪（ふごう）の家に嫁いで悠々と暮らすのだからと……」

撫子は、はぁ、と息を吐いて、続ける。

「貧しくて学ぶ機会が得られない人はたくさんいる。けれど、恵まれた華族（かぞく）の令嬢なのに文字を読めないというのは恥ずかしいと思っていた。だから、菖蒲さんにも言えなくて、これまで読める振りをしていたの」

「ほとんど読めないと言っていたけれど、読める文字はどのくらいだろう？」

「平仮名とカタカナは読めるわ。自分でこっそり勉強した」

「漢字は？」

撫子は首を横に振る。

「自分と家族の名前以外は、ほとんど分からない。私が勉強をしていると、兄に報告されて、辞書とかも取り上げられていたから……」

ふむ、と冬生は腕を組む。

「君のお兄さんは、見る目があったのだろうな」

えっ？　と撫子は眉間（みけん）に皺（しわ）を寄せた。

「君の兄は、君の底知れぬ才覚を恐れて学ばせなかったのだろう。いずれ桜小路家を君に乗っ取られることを危惧したのかもしれない。鷹の羽と爪を切ってしまえば、恐れはなくなる」

真面目な顔でそう言った冬生に、撫子はぽかんと口を開ける。

次の瞬間、ぷっ、と噴き出した。

「信じられない。何を言い出すのかと思ったら……」

「撫子君」

初めて名前を呼ばれて、撫子は驚いて息を呑んだ。

「自分は週に一度程度、菖蒲様の家庭教師をしている。その時に君も同席して、共に勉強をしてはどうだろう？」

撫子の頬が赤く染まっていく。

「でも、迷惑じゃないかしら」

「菖蒲様は、喜ぶだろう。彼女はそういう人だ」

その言葉に、撫子は自嘲気味にはにかんだ。

「なんだか熱っぽい。冬生さんって、菖蒲さんのことが好きなんでしょう？」

撫子の問いに、冬生は目をそらす。

「……自分はそういう話を好まない。何より、自分の気持ち以前に、彼女は立夏君に想いを寄せているだろう」

あら、と撫子は目を瞬かせた。

「それとこれは話が違うのではなくて？　相手が誰を想っているかというのと自分が好きだという気持ちは別の話でしょう？　分けて考えてから、どうするか、向き合うもの。その上で『好き』だと分かって、相手が独身なら、遠慮する必要はないと思いますわ」

そう言った撫子に、冬生は小さく笑う。

「やはり君は、とても聡明な女性だ」

撫子の頬が再び真っ赤になる。

「君のような人が、父兄の手前勝手な思惑でその才を埋もれさせていたのは、非常に遺憾であると自分は考える。君さえよければ、勉強会に参加するといい」

あー、と撫子は上ずった声を上げる。

「もうこの話はやめましょう。でも、そうね、勉強会のことは検討しておくわね」

ありがとう、と撫子は小声で言って、真っ赤な顔を隠すようにずんずんと歩いた。

3

一方、撫子と冬生に礼を言い、梅咲邸の門を潜った菖蒲は違和感を覚えていた。

桂子がすぐに屋敷から出てきて、

「お帰りなさいませ、お嬢様」

と、微笑んだのだが、その笑顔が何やら意味深だったのだ。

桂子がこんな顔をする時は、何か隠している時だ。

隠すと言っても、負の出来事ではない。昔、長く病院に入院していた母が退院して帰宅していることを隠している時に、よくこんな顔をしていた。

『お嬢様、お帰りなさいませ。手をしっかり洗って、お着替えをなさってから居間に行ってみてくださいね』

あらたまってなんだろう、と不思議に思いながら言われた通りにしてから、居間に顔を出すと、母がソファに座っていて、歓喜したことがある。

「えっ、桂子さん、どうしました？　もしかして、お母様が伊勢から帰ってきているとか？」

母に会えるのは嬉しいが、母が伊勢に行ったのは、体が弱い母に冬の京都の寒さは応えるだろうとのことだ。どうしても、喜びよりも、心配する気持ちの方が前に出てしまう。

「そうではありませんよ。うちの庭にも椿の花が咲いたのです。見てください」

と、桂子は、菖蒲の肩を抱くようにして、そのまま建物の裏手へ行くよう誘う。

菖蒲は、はぁ、と戸惑いながら、裏庭へと向かった。

梅咲邸は、苗字にちなんで梅の花が薫る庭として知られているが、椿の花はというと控えめだった。庭の片隅にほんの少し。紅白の椿が寄り添うように咲く。

その椿の蕾が膨らんでいて、そろそろ咲くのは感じていたが、帰宅したばかりの今、家に入るのを後回しにするほど心待ちにしていたわけではない。

不思議に思いながら裏庭に顔を出し、菖蒲は足を止めた。

立夏が、そこにいた。

咲いたばかりの椿の花を眺め、穏やかな表情を浮かべている。

「立夏様……」

その姿を目の当たりにするなり、菖蒲は呼吸を忘れた。

立夏は、菖蒲の姿に気が付いて、柔らかく微笑む。

膝が震えて、その場にしゃがみこんでしまいそうだ。

「藤馬様が、一緒に夕食をと彼を連れて帰ってきたんですよ」

桂子は、菖蒲の耳元で囁く。

藤馬はこれまで、春鷹や秋成、冬生を家に連れてきたことはあった。だが、頑なに立夏だけは連れてくることはなかった。

その理由は、火を見るより明らかで、菖蒲と立夏の仲を認めていないからだ。

こうして連れて帰ってきたということは、二人の仲を認める気持ちになったのだろうか？

そんな希望を膨らませる間もなく、桂子がすかさず口を開く。

「ああ、立夏様はお仕事があってここに来られたそうです。藤馬様が『決して二人の仲を認めたわけでない』と仰っていました」

「…………」

菖蒲は複雑な気持ちで一瞥をくれると、桂子はニッと笑った。

「ですが、庭でなら二人で話しても良いようですよ。それでは、私は支度があるので、水屋に戻りますね」

桂子はそう言うと、そのまま屋敷へと戻っていった。

庭に二人きりになり、菖蒲は胸に手を当てて、ふぅ、と深呼吸をした。

立夏に目を向けると、愛しさに胸が詰まる。

同時に初めて桜小路家の庭で、彼に出会った日を思い出す。

あの夜は、桜の花の下に彼はいた。

今は、椿の花の前にいる。

なんて、花が似合う男性なのだろう——。

強い鼓動に息苦しささえ感じながら、菖蒲は一歩一歩、立夏の許へと歩み寄った。

「菖蒲さん……」

立夏は手を伸ばすも、肩に触れる直前で止まった。

あの、と立夏はためらいがちに、菖蒲を見下ろす。

「は、はい？」

「少しだけ、触れても良いですか？」

申し訳なさそうに愛しそうに問われて、菖蒲の全身が痺れる気がした。

はい……と蚊が鳴くような声で答えた。

どこに触れるのだろうと、菖蒲はドキドキしながらうつむく。

立夏が触れたのは菖蒲の右手だった。

そっと手をつなぎ、両手で包むように持つ。

「会いたかった」

「わたしも、です」

自分の右手を包む立夏の両手に目を落としながら、菖蒲もそっと左手を添えた。

共に両手をつなぎあった状態で、二人は少し黙り込む。

手から伝わってくる彼のぬくもりが温かさを通り越して、熱い。

おずおずと顔を上げると、立夏と目が合った。

彼は弱ったように、視線をそらす。

「………」

かつて、彼が自分を見てくれないことがつらかった。

不思議なもので、今はこうして照れたように目をそらされていることが、たまらなく嬉しい。

だけど、とほんのり嫉妬も覚える。

立夏が千花という使用人の娘と想い合っていた時は、熱く見詰め合っていたというのだ。どうして、自分のことは、しっかりと見詰めてくれないのか……。

不意に湧き上がった嫉妬心に嫌気がさしながらも、自分も熱く見詰めてほしくて菖蒲は少しだけにじり寄って、しっかりと立夏を見上げる。

すると立夏はパッと手を離して、半歩後退りして口に手を当てた。

離れられたことに一瞬、寂しさを感じたが、その気持ちは吹き飛んだ。

立夏の顔が、真っ赤になっていたからだ。

初めて見る表情に、菖蒲の胸がギュッと痛いほどに締め付けられる。

このまま、立夏の胸に飛び込みたい衝動にかられた。

——どうしたのだろう?

手が触れただけでも嬉しかったのに、それだけでは足りない気持ちになっている。

もっと、彼に触れたい。

あの時のように、もう一度、唇を重ねたいと思うのは、ふしだらなのだろうか？

「すまない」

と、立夏は自分の頬を摩(さす)りながら、気を取り直したように居住まいを正す。

菖蒲も我に返って、いいえ、と首を横に振る。

「あの、驚きました。兄が立夏様を連れて帰るなんて……」

よこしまな考えに囚われていた自分に気付かれぬよう、菖蒲は笑顔を作る。

ああ、と立夏は手を降ろして、夕暮れ空を仰いだ。

「今宵(こよい)は新月。ちょうど良いという話になったんだ」

「ちょうど良いというと？」

「百鬼夜行の話は？」

「聞いております」

菖蒲は表情を正して、うなずいた。

「市中に現われる妖たちは、秋成君たち白虎班が近付くと恐れて消えてしまうそうだ」

まぁ、と菖蒲は口に手を当てる。

そう聞くと、今現われている妖は恐るるに足らずという気がするが、草壁に聞いた話を振り返ると、楽観視はできない。

当時も単体の妖は力がなかったが、集まることで強力な魔を放つ百鬼夜行となったのだ。

もしかしたら、白虎班から逃げ回っているのは、集結を目的とし、力を蓄えているからではないだろうか？

「あの、立夏様。今日偶然、『時世』の編集長にお会いしまして……」

と、菖蒲は、草壁から聞いたことを立夏にかいつまんで伝えた。

立夏は真剣な表情で聞き入り、そうか、と大きく首を縦に振る。

「それは、やはり、早急に対処しなくてはならないな」

今夜動こうとなったのは正解だった、と立夏は洩らす。

「それで、立夏様は何を……？」

「僕は、囮(おとり)を務める」

さらりと言う立夏に、菖蒲は眉根を寄せた。

「囮に……？」

「古より妖は、笛の音に惹(ひ)きつけられると聞く。夜道、僕が笛を吹き、妖が集まってきたところで、秋成君ら白虎班に滅してもらおうと――」

「危ないではないですか！」

立夏が話し終える前に、菖蒲が声を張り上げた。

草壁が言っていた。

妖たちは、子どもや美しいものを好むと言っていた。

彼のような美しい人が、妖に魅入られてしまったら……。

「駄目です、かどわかされてしまいます」

菖蒲が必死に言うと、立夏は少し可笑しそうに笑う。

「ちゃんと、秋成君たち白虎班が待機してくれているよ」

でも……、と菖蒲は目を伏せる。

「菖蒲」

呼び捨てにされて、菖蒲は弾かれたように顔を上げた。

こんな時なのに、嬉しさから思わず頬が熱くなる。

「僕は一刻も早くこの事件を片付けて、君が不自由なく生活できるようになってほしいと思っている」

「それは、とても嬉しいです。ですが、嫌な予感がするんです」

「大丈夫だ」

立夏は、ふふっと笑って、菖蒲の頭を撫(な)でる。

「立夏様……」

自らその胸に飛び込むのは、許されることだろうか？

額(ひたい)をつけるくらいなら……。

立夏の胸元に向かって、顔を近付けかけた時、

「菖蒲、立夏君、とりあえず食事だ」

と、屋敷の中から藤馬の声がして、菖蒲の肩がびくっと震えた。

はい、と立夏はうなずいて、菖蒲を見下ろす。

「では、行こうか」

菖蒲は決まりの悪さから顔を上げられないまま、はい、と返した。

4

夕食は、すき焼きだった。

「立夏君、遠慮(えんりょ)なくたくさん食べてくれ」

と、藤馬はにこやかに言う。

牛肉も野菜も普段より多めに用意していて、一見は立夏を歓迎しているようであ

り、菖蒲も感激していた。

桂子は、鍋を前にすき焼きを作りながら、藤馬の様子を見て、肩をすくめる。

桂子の目には、歓迎というより牽制のように見えた。『梅咲家は失脚したが、今の没落した桜小路家よりも、こんなにも豊かだ』という見せつけである。

桂子にとって、藤馬は尊敬する主人だが、こと桜小路家、そして妹の菖蒲に関しては、とことん子ども染みた部分を持ち併せているのも理解している。

ですが、藤馬様……。

と、桂子は菜箸を手に取り、鍋に白菜を足しながら、ちらりと立夏を見る。

立夏というと、藤馬の牽制など気にも留めていなかった。

とても嬉しそうに頬を緩めている。

「すき焼きなんてもうしばらく食べていません。今やこんな贅沢なものを食べられるような状態ではありませんし……」

しみじみとつぶやいた立夏の姿に、藤馬は拍子抜けしたような表情を見せた。

自分は精一杯牽制したというのに、あまりに素直な言葉を伝えられて、肩透かしだったのだろう。

その顔を見て桂子は笑いそうになり、口許を袖で隠す。

そうか……、と藤馬は、桂子から菜箸を受け取り、煮えたばかりの牛肉を立夏の皿に載せた。

「これから、一仕事あるわけだし、たくさん食べてもらわないとな」

ありがとうございます、と立夏は会釈をする。

「家の立て直しは上手くいっているのか？」

藤馬の問いに、立夏は苦々しい表情を浮かべた。

「努力していますが、正直難航していて、思ったより時間がかかりそうです。撫子に不自由をかけたくないですし、恥ずかしながらアルバイトにも出ていて……」

アルバイトという言葉（独語）は明治時代に入ってから主に書生たちが使い始めて、世間に広まっていき、大正となった今では普通に使われていた。

「どんなアルバイトを？」

「主に楽器の演奏です。華族の屋敷で、ピアノや三味線を……」

そうか、と藤馬は神妙な顔をしている。

「今宵の仕事は、特別手当が支給される。少しは足しになるだろう」

一方、菖蒲はというと、立夏が側にいて胸がいっぱいで食べられないようだ。

真っ赤な顔で目を伏せていたかと思うと、おずおずと口を開いた。

「あの、お兄様……」

うん？　と藤馬が、菖蒲を見る。

「本当に大丈夫なのでしょうか？　囮なんて危険ではないかと……」

藤馬は箸を置いて、菖蒲と立夏を見た。

「もちろん、危険を伴うものだ」

だから藤馬は、立夏を家に招いたのだろう、と桂子は思う。

藤馬にとって立夏は妹の恋人として相応しくなく、できることなら家に連れてきたくない相手だ。しかしそれは別として、危険な任務に当たろうとする部下を労う心根を、彼は持っている。

「だが、白虎班も僕も春鷹さんも冬生君も待機している。心配しなくていい」

その言葉に、立夏は少し驚いたように顔を上げた。

「藤馬さんや春鷹さんに冬生君まで同行を？」

もちろんだ、と藤馬は強くうなずく。

「ちなみに、計画はどちらで行われるのでしょう？」

前のめりになった菖蒲に、立夏と藤馬は揃って口を閉ざして、首を横に振る。

「それは答えられない」

「そうだね。君のことだから、家を抜け出して現場に来てしまう可能性があるし」

そう言った藤馬と立夏に、ええっ、と菖蒲は目を丸くし、桂子はくっくと肩を震わせた。

――食後、藤馬は、立夏に風呂に入るよう伝えた。

身を潔斎（けっさい）してから、衣装を身に着けるのだという。

桂子は、藤馬の指示で、立夏の支度を手伝った。

妖は子どもと美しいものを好むため、立夏の衣装は童子水干（どうじすいかん）姿にしようという話になった。

簡単に言えば、五条大橋（ごじょうおおはし）に現われた牛若丸（うしわかまる）を彷彿（ほうふつ）とさせる衣装だ。

立夏の少し長めの後ろ髪を鬢（びん）付（つ）け油（あぶら）でなんとかまとめて、そこにつけ髪をし、顔に化粧を施（ほどこ）す。

常に冷静な桂子だが、化粧の最後、立夏の形の良い唇に紅を引いた時は、あまりの美しさに思わずぞくりとした。

水干を纏（まと）い、その上に薄衣（うすぎぬ）を被って、横笛を手にする。

「これは、菖蒲様にお見せしたくありませんね……」

ぽつりと洩らした桂子に、立夏は肩をすくめた。

「僕も化粧をした姿など、見てもらいたくはない」

そういう意味では、と桂子は小さく笑う。

桂子が菖蒲に付き添って、桜小路家に身を寄せていた時の立夏は最悪であり、その印象が強く、長い間、藤馬と共に立夏に厳しい目を向けてきた。

だが、彼は自分が想像していたよりも、ずっと素朴な人なのかもしれない。

立夏への認識をあらためたところで、準備は終わり、桂子は襖を開けた。

「終わりました」

襖の前には菖蒲がいて、衣装を纏った立夏を前に、大きく目を見開き、両手で口を覆った。

言葉も出ないようで、立ち尽くしている。

これでは、彼の恋人というよりも——昨今流行り出した映画言葉でいうところの、ただの『ファン』ではないか。桂子は呆れて、微かに肩をすくめる。

とはいえ、菖蒲は幼い頃から、立夏に想いを寄せてきたのだ。

菖蒲が見惚れるのは仕方ない。

信じられないのは、菖蒲の隣にいる藤馬だ。

立夏を前にして、菖蒲のように大きく目を見開き、さらに口まで開けている。

「藤馬様」

桂子が咳払いをするように窘めると、藤馬は慌てたように大きく開いていた口を閉じて、うん、とうなずく。

「これは、そうだね。作戦が上手くいきそうだ」

藤馬は、うっかり彼に見惚れてしまったことを上手く誤魔化せたと思っているようだ。まったく誤魔化せていないというのに……。

さて、と藤馬は、柱時計に目を向ける。夜も十一時を過ぎていた。

「それじゃあ、立夏君、行こうか」

藤馬は、立夏に向かって手を差し伸べそうになったのだろう。手を伸ばしかけて、すぐに下げ、ばつの悪さから先に部屋を出て行く。

立夏はその後に続こうとして、菖蒲を見た。

「行ってくる」

先ほどまで見惚れていた菖蒲だが、急に心配が募ったようで、はい、とか細い声でうなずいた。

立夏はそっと菖蒲に近付き、小声で問うた。

「この仕事が終わったら、デエトしてもらえますか？」

おそらく桂子に聞こえないように言ったつもりだったのだろう。しかし、かつては隠密として、特殊な訓練を受けてきた桂子だ。しっかりと聞き取れた。

菖蒲は、勢いよく首を縦に振っている。

やれやれ、と桂子がまた肩をすくめていると、

「桂子さん、色々ありがとうございます。菖蒲さんをよろしくお願いいたします」

と、立夏は深々と頭を下げる。

あなたに言われなくても、菖蒲様を護りますよ。

そう思いながらも、嫌な気持ちはしなかった。

「もちろんです。お気をつけて」

桂子もお辞儀を返す。

颯爽と部屋を出て行く立夏の背中を見送りながら、菖蒲の不安が伝染ったのだろうか、胸騒ぎを感じて、思わず菖蒲の両肩に手を載せる。

「桂子さん?」

と、菖蒲が不思議そうに振り返った。

「……菖蒲様も現地へ赴きたいでしょうが、ここはグッとこらえて、無事をお祈りしましょうね」

はい、と菖蒲は素直にうなずく。

それは、不吉な予感を感じさせる月の見えない夜だった。

第三章　闇夜の決戦

1

京の町は、妖や黄泉と近いと言われている場所が多々ある。

貴船神社、一条戻橋、そして、六道之辻——。

「貴船神社の場合、山奥だから夜になると明かりもないし、そもそも真っ暗で危険なんだ。一条戻橋付近は、前回俺たちが張っていて逃げられたから、警戒されていると思うんだよね」

そう言ったのは、白虎の秋成だ。

「だから、今回は六道之辻というわけか……」

立夏はそう洩らして、秋成を見た。

秋成は、今回の実働部隊『白虎班』の隊長だ。白虎班は、秋成を含めて五人。

皆、妖を退治する陰陽師らしく、水干を纏っている。

立夏がジッと見ていると、秋成は居心地悪そうに目をそらした。

「えっ、何かついているかな？」

いや、と立夏は首を横に振る。

「さすが、現代の陰陽師。水干が良く似合っていると思って」

そう言うと、秋成は弾かれたように顔を上げて、立夏に詰め寄った。

「立夏君がそれを言う？　今の自分の姿、鏡で見た？」

えっ、と立夏は目を瞬かせる。

「見たけれど……？」

「似合ってるのは立夏君の方だよ。俺たちみんなびっくりしてるし、ちょっと困ってるんだからね？」

秋成の後ろでは、白虎班たちがほんのり頰を赤らめて頭を掻いている。

「……困るとは？」

立夏が小首を傾げると、それはなぁ、と春鷹が背後から歩み寄ってきて、立夏の肩に手を載せて囁いた。

「うぶな男の子らは、美しすぎる立夏君を前に、別の扉が開いてしまいそうで困ってるんや」

「別の扉？」

と、立夏はぽかんとする。

「立夏君は自分が美しいのんは分かってはるやろに、どっか無自覚で、ほんま朱雀のような人やなぁ」

罪な子やねぇ、と春鷹は、秋成に向かって同意を求める。

秋成は目を逸らして、そんなことよりも、と声を上げた。

「作戦に入りますよ！」

はぁい、と春鷹は鷹揚に応え、その側で藤馬と冬生が少し呆れたような顔を見せていた。

ここは、建仁寺の境内だ。住職に使用の許可を得て、陣営を張っている。白い垂れ幕、簡易机、四隅には松明と、まるで戦場のようだ。

妖を退治するのだから、ある意味、戦とも言えるのかもしれない。

陣営には、藤馬、春鷹、冬生、秋成と白虎班、そして着飾った立夏が机を囲んでいた。

秋成は机の上に地図を広げてから、冬生に視線を送る。

「作戦は、冬生君にお願いししているんだ」

冬生は、ああ、とうなずいて、地図に目を落とす。

「祇園……特にこの辺りは、縁切りで知られる安井金比羅宮、商売繁盛で名高い京都ゑびす神社があり、良くも悪くも人の業が溜まりやすい地だ」

そして、と冬生が続ける。

「黄泉が近い地でもある。江戸時代、幽霊が通ったという逸話がある飴屋や、小野篁の『冥土通いの井戸』もある」

小野篁とは、平安時代の貴族であり、当時の『審神者』だ。

大変優れた人物だったといわれている。

その優秀さから昼は官吏を務め、夜になると冥府へ渡り、閻魔大王の許で裁判の補佐をしていたという逸話が残されていた。

小野篁が、冥府に通うのに使っていたというのが、井戸である。

その井戸は、今も残されていて六道珍皇寺にあった。

六道珍皇寺は、ここ、建仁寺から見て南東にあり、歩いてすぐ着く距離だ。

小野篁ねぇ、と秋成が洩らす。

「本当に閻魔大王の補佐を務めていたのかな」

どうやろねぇ、と春鷹は小首を傾げるも、ニッと意味深に笑う。

「そやけど、冥府とのつながりは深かったみたいやわ。人ならざる者の言葉を聴いて降ろしていたみたいやし」

「つまり、それって青龍の力ってことだよね」

そう言う秋成に、そうやね、と春鷹はうなずく。

「小野篁は、青龍の力が強かったそうや。僕も祖父もそうやし」

その言葉に、立夏、秋成、冬生は、えっ、と訊き返す。

「僕も、って……」

「それって、もしかして」

「春鷹さんは、小野篁の子孫？」

立夏、秋成、冬生の順にそう問うと、

「この流れやし言うてしまうけど、まぁ、そうなんや。うちは、篁の流れを汲むと言われてる。とはいえ、あくまで子孫の端くれで、苗字は小野やなくて藤原なんやけど」

春鷹はそう言って、苦笑する。

小野篁の妻は、藤原家の出だと言われている。

『神子』や『審神者』は、苗字を伏せていることが多い。それは、出自は関係なく、能力のみを評価していこうという考えが根本にあるからだという。

とはいえ、『名乗ってはいけない』というわけではなく、『名乗らないのが粋だ』という風潮である。

春鷹が苗字を伝えつつ、少しばつが悪そうにしているのはそのためだ。

藤馬は、春鷹の家のことをとっくに知っていたようで、特に反応していない。

冬生はというと、へぇ、と感心したように洩らしているだけだ。

しかし、秋成は相当驚いたようで、目を見開いている。

春鷹が、公爵の出であるのは知っていても、まさか藤原家とは思わなかったのだろう。藤原家は、賀茂家に引けを取らない、名家中の名家だ。

秋成には家柄や家系への劣等感があるようで、微かだが面白くなく思っているのが、一瞬の表情に現われていた。

この話題は早めに終わらせておいた方が良いだろう。

そう思った立夏は話を戻した。

「たしかに、この辺りは、人の業が集まりやすく、さらに黄泉も近い、つまり妖たちが集まりやすい場所というわけだ」

そうですね、と冬生は眼鏡の位置を正す。

「これ以上なく適した場所です」

「ここに決めたのは、冬生君が？」

「いえ、藤馬さんがここにしようと」

藤馬は、『審神者』であり、自分たちを束ねる隊長でもある。

さすがだ、という皆の視線が藤馬に集まった。

藤馬は、少し申し訳なさそうに首を横に振った。

「この場所にと言ったのは、蓉子――斎王です」

斎王と聞いて、皆が息を呑んだのが分かった。

春鷹は知っていたようで、藤馬の話を引き継いだ。

「斎王は、この事件の早い解決を望んだはる。京の町の地図を見て、この辺りに妖の念が溜まっていると神託を告げたそうや」

「そうだったんだ。それなら、どうして最初に言ってくれなかったんだろう？」

と、秋成が解せないように首を傾げる。

たしかにそうだ、と皆が同意していると、藤馬は弱ったように目を伏せた。

「……もし、この地で何も起こらず、徒労に終わってしまったら、彼女の評判に傷がついてしまうのではと、勝手な僕の懸念により、黙っていたんだ」

藤馬にとって蓉子は本当に大切な存在であり、特別なのだろう。

立夏には、藤馬の気持ちがよく分かった。

実は、と藤馬は言いにくそうに続ける。

「今も、建仁寺の御堂をお借りして、祈禱をしてくれている」

ええっ、と秋成が目を瞬かせる。

「すぐ近くにいるのなら、陣営に来てもらいたいな」

「いや、ここに来てもらうわけにはいかないだろう、斎王だぞ」

と、冬生がすかさず言う。

「そやけど、斎王に来てもらったら、士気が上がるんは間違いないやろなぁ」

春鷹がそう言った時だ。

御堂の扉が開き、白衣に千早を羽織り、朱色の袴姿の女性が出てきた。

頭には花簪、挿頭、前天冠をつけている。

蓉子だった。

彼女は一度、会釈をしてから、陣営に向かってきた。

後ろで一つに束ねた髪は、風にそよいでいる。

一歩、近付くごとに、その美しい貌が顕わになる。

「蓉子様……」

「斎王だ」

と、秋成ら白虎班がざわめく。

蓉子は陣営まできて、深々と頭を下げた。

「皆様、今宵はありがとうございます」

「御堂で祈禱に徹すると……」

と、藤馬が驚いたように洩らす。

蓉子はにこりと微笑んで応える。

「ふと、ここに来た方が良い気がしたので」

そう、今まさに『斎王』を求めていた場面だった。

とはいえ、陣営から御堂までは距離がある。ここの会話が届くことはない。

立夏は、蓉子の斎王決定を純粋に祝福していた。しかし、蓉子の力についてはよく分かっていないのが正直なところだった。

桜小路家にいた時、青龍である彼女は行事等で今後の予言などをしていたが、その姿に神々しさなどは感じられなかった。

これは後から知った話だが、当時の蓉子は力を失っていて、あの予言は他の青龍に依頼して、原稿を書かせていたようだ。

あらためて、今の蓉子を見て、随分変わった、と立夏は息を呑む。

あの頃の蓉子とは、まるで別人のようだ。

もちろん、美しさに変わりはない。

蓉子は、社交界の白薔薇と謳われた女性であり、人が羨む美貌を持っている。

華やかでありながら、上品で知的だ。

ただ、桜小路家にいた時の蓉子は、美しかったが、どこかくすんでいたが、今は後光が射して見える。

斎王の装束を身に着け、神々しさを纏う彼女は、まるで女神のようだ。

秋成ら白虎班の少年たちは、蓉子を前に言葉を失っている。

そんな少年たちの姿が可笑しかったのだろう、春鷹はくっくと笑う。

その笑い声を受けて、秋成は、すぐに表情を正した。

「斎王様、陣営までお越しくださってありがとうございます。ですが、俺たちに礼を言う必要はありません」

秋成がそう言うと、他の白虎たちも同意する。

「そうですよ」

「我々は、京の町を怪異から護るのが務め」

彼らの言葉を聞いていると、『当然のことをしている』という矜持の中に『あなたのために働いているわけではない』という気持ちも含まれているように感じた。

だからこそです、と蓉子は花が咲くように微笑む。

「いつも、わたくしたち民衆のために、本当にありがとうございます」

それに、と蓉子は続ける。

「古より京の町に怪異が起こるというのは、政が天意に背いている時だと言われています。ですが、私は思うのです。『民衆の不満や不安』が歪みとなって、怪異を招(まね)くのではないかと。今、斎王がわたくしに決まり、不満を抱えている者や不安に思っている者も多いでしょう。この怪異は、わたくしの責任です」

一寸のためらいもなく、自分のせいだと言い切った蓉子を前に、皆は圧倒されていた。

蓉子は、胸(むね)の前で両手を組み合わせて、目を伏せる。

「――『そこまで分かっているなら、斎王を辞退したらどうだろう』と、思う人もいるでしょう。わたくしもそう思っております」

皆は黙って、彼女の話に耳を傾ける。

「わたくしはこれまで、待ち続ける人生でした。……若い頃、恋をしました。私は無理なことだと悟りながらも、心の奥では彼が迎えにきてくれるのを待ち続けていました。ですが彼が迎えに来る前に、わたくしの縁談が決まってしまいました」

その言葉に、藤馬が苦しそうな表情でうつむく。きっと、見られたくはないだろう、と立夏は目をそらした。

「家のために、結婚した後は子どもを授かるのを待ち続けました。ですが、どんなに切望してもやってきてくれなかった。私にはそんなふうに待っていたことが、他にもたくさんありました。そのどれもが結局来てくれることはなく、私はすべてを諦めきって自分の内側に閉じこもりました。そこは海の底のような場所でした」

ぎゅっ、と蓉子は組み合わせた手に力を込めた。

「冷たく暗い心の深海に沈んでいた私の許にやってきてくれたのが、菖蒲さんでした。彼女は金色の光を纏い、強く真っ直ぐな眼差しで私を深海から引き上げてくれたのです。その時、私は思ったんです。『ああ、私はずっとこの時を、彼女を待っていたのだ』と……本当に、すべてに報われた気持ちでした」

蓉子の双眼から、一筋の涙が零れ落ちる。

蓉子が話した菖蒲の姿は実際のものではなく、彼女の中の心象風景だろう。しかし、立夏の脳裏にも、その時の菖蒲の姿が浮かんだ気がした。

「同時に、私は待つばかりで、自分から動こうとしていなかったことにも気付かされました。もう待つだけの人生を卒業しようと決めました」

蓉子はしっかりと前を向き、宣言した。

「今の私は斎王として尽力したいと思っています。私を選んで良かったと菖蒲さんに心から思ってほしい。彼女に恥じないように生きたい。ですから、自分にできることならば、なんでもしようと思っております」

『心を決める』というのは、大きなことだ。

よろしくお願いいたします、と蓉子は再び頭を下げる。

彼女の言葉には、この場の空気を変えるだけの力があった。

皆、思い思いに拍手をし、それは大きな拍手となる。

彼女の強い決意には、立夏の心も揺さぶられた。

惜しみない拍手を送りつつ、立夏は皆の様子を眺める。

藤馬は蓉子に向かって熱っぽい眼差しを向け、秋成はもらい泣きをしている。

冬生はいつも通りの冷静な表情で拍手をし、春鷹はにこやかに笑いながら問う。

「ほんで、斎王様は、この辺りに妖の念が溜まっているて?」

はい、と蓉子は地図に目を落とし、

「元々この祇園は、美しさも憧れも欲望も混在する清濁併せ呑む地域。ですが、今は空気が変わっています。妖というよりも『魔』が生まれて広がっているように感じるのです。ですから、『妖魔』と呼ばせてもらいますね。この妖魔は祇園甲部を中心に、放射状に広がっている……」

この辺りに巣食っているのだろうか?

そう思うと、吹き抜ける風が先ほどよりも冷たく感じた。

「それで、俺たちはどうすれば?」

と、秋成が前のめりになる。

まず、と蓉子は、立夏に視線を移した。

「立夏さんの美しさと笛の音は妖魔をも魅了するでしょう。適した場所で笛を吹いてもらい、ここら一帯の妖魔を惹きつけてほしいのです。妖魔が気付いて集まってきたら、この陣営に向かってきてください」

そして、と蓉子は再び地図に目を落とす。

「建仁寺の近くには、多くの社寺があります。その中で注目していただきたいのは、ここから南西の位置にある『摩利支天堂』と南東にある『安井金比羅宮』。これらを結ぶと、三角形の結界を作れます」

そう言うと蓉子は、建仁寺塔頭の『摩利支天堂（禅居庵）』と『安井金比羅宮』を指し、そのまま指先を動かして三角形を描く。

「つまり、作戦はこうだ」

と、藤馬が説明を始めた。

立夏は、笛を吹き、妖魔を集める。

その間、白虎班は三か所に散らばって、力を出さずに待機。

妖魔が集まったところで、立夏は妖魔を惹きつけた状態で陣営に戻る。

すべての妖魔が結界内に入ったところで、白虎班が結界を張る。

そうすると、妖魔は逃げられない。

話を聞きながら、秋成も、そっか、と腑に落ちた様子だ。

「結界内では、妖魔の力は弱まるし、一石二鳥なわけだ」

そういうことだ、と藤馬は少し誇らしげに微笑む。

「とりあえず、白虎班は三班に分かれてもらうが、白虎班だけでなく僕たちも三手に分かれようと思う。陣営であるこの建仁寺には、僕と斎王と冬生君が、摩利支天堂には、春鷹さん、安井金比羅宮には、秋成君が待機。そして白虎班には僕たちのサポートをしてもらいたい」

はい、と皆が声を揃える。

建仁寺に蓉子と藤馬と冬生、摩利支天堂に春鷹、安井金比羅宮に秋成。

つまり、と秋成が洩らす。

「俺を除いて白虎班四人だから、摩利支天堂に二人で、安井金比羅宮に二人……」

いやいや、と春鷹は首を横に振った。

「立夏君の護衛に一人いた方がええんとちゃいますか」

いえ、と立夏はきっぱりと断った。

「僕は一人で大丈夫です。白虎が側にいたら妖魔は警戒するという話なので」

「そやけど、立夏君が一番危ない役割や。少し離れたところから見守るのんが一人いた方がええ」

そうだな、と藤馬も同意するも、険しい表情になる。

「だが、立夏君の言う通り、妖魔は白虎の気配に敏感だ」

ほんなら、と春鷹は挙手した。

「僕が立夏君の護衛をするし。元々僕の属性は『青龍』。白虎ほど警戒しぃひんやろ。摩利支天堂には、僕の代わりに冬生君に行ってもらったらどうやろ」

「そうだな。では訂正して、建仁寺に僕と斎王、摩利支天堂には冬生君と白虎班から二人、安井金比羅宮に秋成君と白虎班から二人ついてもらおう」

そんな中、冬生が少し申し訳なさそうに口を開いた。

「自分が、摩利支天堂にいても妖魔相手に何もできないと思うのですが……」

いや、と藤馬が首を横に振った。

「玄武である君には特別な才がある。冬生君は軍師となって、白虎班の二人に指示を出してもらいたい。二人とも、現場では彼の指示に従うように」

その呼びかけに、はい、と白虎班が力強く応えた。

そして、秋成率いる白虎班は、弓矢や刀を手にする。

武器はすべて特別な祈禱がされたもので、妖魔を射抜（いぬ）き、切り裂く力を持っているそうだ。

かつて伝説の斎王は長刀（なぎなた）を振り下ろしただけで――そこから力が放出して――百鬼夜行（ひゃっきやこう）を滅したという話だが、それは『麒麟（きりん）』の力の持ち主だからできたこと。

白虎の力はその域に到達しておらず、妖魔に攻撃はできるが、矢や刀がしっかり当たらなければ、効かないという。

秋成は、刀が得意なんだと言って、腰に愛刀を差す。

「それじゃあ、立夏君。よろしく頼むよ」

「ああ、行ってくる」

立夏はうなずいて、月のない夜空の下を歩き出した。

2

古来より姿なき者は、水辺に集まりやすいといわれている。

そのため、妖魔を集める舞台に選んだのが、橋だった。

橋と言っても四条大橋(しじょうおおはし)や五条大橋(ごじょうおおはし)のような、大きな橋ではない。

木屋町通(きやまちどおり)と川端通(かわばたどおり)を結ぶ小さな橋——団栗橋(どんぐりばし)の上だ。

立夏は橋の中央に立ち、春鷹は橋の袂(たもと)で木に寄りかかるようにしている。

春や秋は、桜や紅葉を望めるのだが、今は木々の葉が落ちていた。それでも寂しさは感じなかった。鴨川(かもがわ)沿いに林立する飲食店や旅館の明かりが美しく、賑(にぎ)やかな様子が伝わってきているからだ。

立夏は大きく深呼吸をし、横笛を構え、ゆっくりと笛を奏でる。

祇園の町に、笛の音が響いていく。

ややあって、あかんなぁ、と春鷹が洩らした言葉が耳に届く。

「いつもの色気があらへん」

立夏は、笛を吹きながら、眉間(みけん)に皺(しわ)を寄せた。

春鷹の吐露(とろ)はもっともで、立夏はいつもの音を出せていなかった。

緊張していたのだ。

それは恐怖からではなく、『妖魔を惹き付けるほどの演奏が本当にできるのだろうか？』という不安からのものだ。

最高の音を出さなくてはならないという重圧を、立夏は自分に課していた。

春鷹は、そや、とふと思いついたように、いたずらっぽく笑った。

「立夏君、菖蒲さんに聴かせるつもりで吹いてみてくれへん？　ちょうどこの川の先の先に、あの子がいてるし」

団栗橋から、北側を望む。

この鴨川の上流は、賀茂川だ。

水は上流から下流へと流れていくが、音はどうなのだろう？

自分の笛の音が、上賀茂(かみがも)にいる彼女の許に届けられたら――。

そんな想いを胸に、笛を奏でる。

菖蒲はきっと、心配しているだろう。

その姿を想像をすると、胸がギュッと締め付けられる。

こんなにも恋しい人を、かつての自分は苦しめ続けた。

その過去は消せるものでも、塗り替えられるものでもない。

今の自分ができることは、彼女を護ることだ。

彼女がなんの憂いもなく、心穏やかに過ごせるようになってもらいたい。

いつの間にか川沿いの飲食店の窓が開いていて、うっとりと聴き入っている人たちの姿が目に入る。

目を瞑って、笛を奏でる。

さらに神経が研ぎ澄まされていくのが分かった。

「まぁ、なんて美しい……どちらの妓かしら？」

「桂光山さんの妓やないかしら」

と、通り過ぎる人たちの熱っぽいつぶやきが聞こえてきた。

笛の音が、風や川の水とからみ合い、美しく優しく広がっていく。

立夏はまるで自分が今、水面に浮かぶように立ち、笛を吹いている感覚に襲われた。

水中から有象無象が浮かび上がって、自分の演奏に聴き入っている風景が、脳裏に浮かぶ。

聴客がどんな姿をしているのかは分からない。

皆、黒い影であり、自分を囲むようにして聴き入っている。

彼岸と此岸の境目がなくなっているように感じた。

もしかしたら、と立夏は思う。

平家の亡霊に魅入られた琵琶法師も、このような感覚になっていたのかもしれない。

その時、春鷹が、そっと立夏の肩に手を載せた。

「そろそろ、危険や。このまま笛を吹いたまま瞼を開け、陣営に向かうし」

立夏は、笛を吹いたまま瞼を開け、目だけ動かして周辺を見回す。

妖魔の姿は、自分の目には見えなかった。

立夏が演奏を中断しようとすると、春鷹は間髪を容れずに言った。

「やめたらあかん。立夏君は笛を吹き続けるんや」

立夏は笛を吹きながら、そっとうなずく。

「気になるんやろ。しっかり集まってきてるで。まるで子どもの頃に見た妖怪絵巻のようや。一つ目の坊主、首の長い女、傘の化け物……。みんな見事に聞き入ってる。君が笛を吹いている限り、奴らは攻撃をしてきぃひん」

春鷹は話しながら、先導するように歩き出す。
今、自分の背後に、ぞろぞろ妖魔が列を成しているということだ。
これでは、自分が百鬼夜行の先頭ではないか――。
冷や汗をかくような気持ちで、結界の範囲内に足を踏み入れた。
もう少し歩いたところで、合図の音を出さなくてはならない。
笛で、ぴーひょろろ、と鳶の声を真似るのだ。
この音を合図に、皆が祈禱をし、結界を張ってくれる。
合図の音を出そうとした時だ。
ひょーひょー、と頭上から鳴き声が聞こえてきた。
不思議で、不気味な声だ。
立夏は笛を吹いたまま、空を仰ぐ。
月のない夜だ。
何も見えず、よく分からないが、羽音から察するに大きな鳥が飛んでいるようだ。
「立夏君にも聴こえてるんやな?」
そう問われて、立夏は笛を吹いたまま小さくうなずく。
「立夏君は、特別な『耳』を持ってるのかもしれへんね」

隣にいる春鷹が、ごくりと喉を鳴らし、上ずった声で言った。

「あれは、鵺（ぬえ）や……」

鵺――。

本で読んだことがある。

かつて鵺が現われたのは、平安時代末期。

当時の帝（みかど）は、毎夜丑三（うしみ）つ時（どき）を恐れていた。

その時刻になると御所は黒雲に覆われ、ひょーひょーという不気味な鳴き声がするためだ。得体のしれない鳴き声を耳にしていくうちに、帝の体が弱り、病（やまい）に冒されるようになる。

当時の者たちは、その声の主を『鵺』と呼んで気味悪がるも、何もできなかったという。

鵺退治に、白羽の矢が立ったのが、源頼政（みなもとのよりまさ）。

頼政の先祖である源頼光（らいこう）は、『白虎』の力を持つ『審神者』であり、頼政もその力を受け継いでいた。

また、頼政は弓の名人でもあった。

鵺退治に出た彼は、丑三つ時になるまで物陰に潜んで、奇妙な鳴き声がするのを待ち、鳴き声が聞こえてくるとそれを頼りに天空に向かって矢を放った。

矢は見事に命中して、空から鵺が落ちてきた。

そこで初めて人々はその奇妙な生き物の姿を目にしたという。

頭は猿、胴体は狸、手足は虎、尾は蛇――。

言い伝えの通り、不吉な予感を感じさせる不気味な鳴き声だ。

「あれは、なんとしても捕らえな。そやけど、鵺は結界の外を飛んでる……立夏君、合図は後にして、陣営に向かって歩きながら、もう少し笛を吹いてくれへん？」

たしかに、鵺をこちらに引きつけてから、結界を張った方がいい。

立夏はうなずいて、陣営に向かう。

気のせいか、背後の妖魔たちの囁き声が聴こえてくるようだ。

そうしていると通りの向こうから、秋成が血相を変えて走ってくるのが見えた。

「立夏君、春鷹さん、大丈夫？　妖魔の気配は強くなっていくのに、いつまでも合図がないから何かあったのかと……」

そこまで言って、秋成はギョッと目を見開いた。

「妖魔が行列を作っているじゃないか！　どうして、合図を出さなかったんだ」

「鵺が出てるんや。今は結界範囲の外にいてる。もっと引きつけんと！」

秋成は空を仰ぎ、

「急に強い気配を感じたのはあれのせいか……」

と目を細めて、その後に立夏の背後を見て、眉間に皺を寄せた。

「だけど、もう合図を出さないと駄目だ。今俺が近付いたから、立夏君がせっかく集めてくれた妖魔たちが逃げ出し始めてる。立夏君、今すぐ合図の笛を吹いて！」

「まだ、あかん。鵺はこの百鬼夜行につられて出てきてるさかい。僕が必ず射てみせるし！」

と、いつも冷静で飄々（ひょうひょう）としている春鷹が珍しく声を荒らげる。

鵺に対する危機感が伝わってきた。

「春鷹さんが言うのも分かるけど、今後は妖魔も警戒するだろうし、もうここまで集められないかもしれない。立夏君、合図を……！」

二人の意見を聞き、立夏は迷った。

だが、それは一瞬だけだ。

今回の作戦は、白虎班を主体に動いている。

秋成の判断に任せるのが、最適だろう。

大きく息を吸い込んで、立夏は鳶の声の音を出した。

寒空に、ぴーひょろろ、と笛の音が響く。

「結界が張られた！」

よしっ、と秋成が拳を握った。
立夏は、ふぅ、と息をつき、笛を懐に収める。
安堵した刹那――現場は混乱に陥ることとなった。

3

菖蒲は布団の中にいても眠れる気はせず、むくりと体を起こした。
おもむろに半纏を羽織り、火鉢の前に座る。
ぼんやりしていると、立夏のことばかり考えてしまう。
今は恋のときめきではなく、胸が騒いで仕方なかった。
嫌な予感がするのだ。
彼は、ちゃんと無事に帰ってきてくれるだろうか？
妖たちに連れ去られた立夏の姿を想像し、だめだめ、と菖蒲は頭を振って、合掌する。
どうか、立夏様が、皆が、無事でありますように――。
菖蒲はそっと手を膝の上に置いて、天井を仰ぐ。
「『良くない想像は、良くない創造をしてしまうもの』かぁ……」

これは、『時世』の編集部で目にした文言だ。

伝説の斎王、桔梗の言葉だという。

昼間は時間が許すまで編集部にいて、草壁に桔梗の話を聞いた。

『もっと、桔梗姫のことを教えていただけませんか？』

と、菖蒲が前のめりで問うたためだ。

その時、草壁はこんな話もしてくれた。

『桔梗姫は、あの時、百鬼夜行を退けたんですが、滅することができなかったものもあるんです』

それはどんなものですか？　と問うと、彼は答えた。

『妖たちの中に神も混ざっていたんですよね』

その言葉に、どうして神様が？　と撫子が驚いたように訊ねた。

『神様と言っても、色んな神様がいるんですよ』

と、草壁は苦笑した。

『高次の神から、注連縄の外に出てきてほしくない禍神もいる。とはいえ、神は神。滅するわけにはいきません。それらの神は封じたという話です』

どこに封じたのか訊ねると、草壁は小首を傾げた。

『それはさすがに……。おそらく、どこかの社寺だと思うんですがねぇ』

「――かつての斎王が封じた禍神……」

昼間の会話を反芻し、菖蒲はぽつりと洩らす。

その封印が、なんらかの要因で解かれたのではないだろうか？

「もしかして、それが今回の事象につながっている？」

ばくん、と心臓が大きく音を立てた。自分の内側がそうだと伝えている。いてもたってもいられない気持ちになった時、

「菖蒲様、菖蒲様！」

と、廊下の向こうから慌しい足音が近付いてきた。

桂子の鬼気迫るような声を受けて、菖蒲は弾かれたように立ち上がり、襖を開ける。

「どうしたの？」

「藤馬様から烏便が――緊急の呼び出しがありました。今から椿邸へ向かいます」

菖蒲は声もなく返事をして、すぐに着替えを始めた。

4

菖蒲が椿邸に駆け付けると、和室に藤馬、春鷹、秋成、冬生、そして立夏が沈んだ面持ちを見せていた。

皆、表情は暗いが、負傷はしていない。

とりあえず、藤馬と四天王全員が、無事この場にいることに安堵しながら、菖蒲は、畳の上に腰を下ろす。

「どう……されたのですか？」

この雰囲気は、おそらく計画が失敗し、妖たちを捕らえられなかったのだろう。

しかし、事態は菖蒲が思った以上に悪いものだった。

「蓉子——斎王が妖魔にかどわかされてしまった」

菖蒲は大きく目を見開いて、訊き返す。

「そんな……。どうして、蓉子さんが……」

蓉子は、安全な場所に匿（かくま）われているものだと思っていたのだ。

「彼女はたっての希望により、前線に来ていたんだ」

そう言って藤馬は、今宵の作戦や、陣営に蓉子が姿を現わしたことなどを伝え、

「結界は、一度は成功していたんだ」

と、力なく話す。

結界を張るには、塩や酒、榊等を載せた祭壇の前で、祈禱をするのだという。

立夏の合図の笛が響き、建仁寺、安井金比羅宮、摩利支天堂に待機していた者たちは、即座に結界の祈禱をした。

それぞれの社寺は、光に包まれ、その光が三角形に結ばれたという。

そやけど、と春鷹が続ける。

「すぐに解かれたんや」

どうして……？　と菖蒲が震えるように訊ねた。

それは、と秋成が応える。

「安井金比羅宮にいた白虎班の二人が䳄の攻撃に遭って、意識を失ったんだ。まずいことに俺もその場を離れていて……」

どんな結界も一つが崩れてしまったら、たちまち成立しなくなるもの。

その後は、混沌とした状態だったという。

集められた妖魔たちは皆、立夏の笛に魅せられて、惚けていた。

だが、一度結界が張られ、そして解かれたことで、彼奴等は我に返った。

慌てて逃げ出すものもいれば、怒って攻撃してくるものもいたという。

秋成率いる白虎班は刀を抜き、矢を放って妖魔と戦い、春鷹は立夏を護りながら、陣営に向かったという。

春鷹は、陣営に着くなり、立夏と蓉子に御堂の中に避難するよう伝えた。

藤馬と春鷹が、弓矢を手にし、戦う準備をしている時にそれは起こった。

鵺が、立夏と蓉子に向かって飛来してきたという。

立夏は、悔しそうに顔を歪ませながら口を開いた。

「僕は、蓉子さんを護りながら走り、彼女に御堂の中に入ってもらった。そして僕は戦うことしたんだ」

菖蒲は驚きを隠せず、でも……、と洩らす。

白虎の力がない者は、妖魔と戦えないものだ。

神子ではない者の攻撃は妖魔にはまったくとは言わないが、ほとんど効かない。

それ以前に、妖魔の姿すら見えないのだから、戦いようもない。

「僕には鵺の姿は見えなかったけれど、鳴き声と羽音は聞こえたんだ。特別な祈禱を受けた弓矢なら、僕でも射抜けるかもしれないと思った」

「実際、惜しかったんだよ。立夏君の矢、鵺の体をかすめたし……」

と、秋成が残念そうに言う。

鵺は、ぎゃあ、と悲鳴のような声を上げたそうだ。

「だが、そんな中途半端な攻撃のせいで、鵺には逃げられてしまった」

善戦も虚しく、鵺には逃げられ、妖魔の大半を逃がす結果になったという。

ふぅ、と藤馬が深い息をつき、

「皆が落胆していたよ。僕も暗い気持ちで御堂の扉を開けた……」

そこまで言うと深く俯いて、膝の上に置いた拳を震わせた。

「蓉子の姿が、どこにもなくなっていたんだ――」

菖蒲は、そんな、と口に手を当てる。

ひょーひょー、という不気味な鵺の声が聞こえた気がした。

第四章　祇園調査

1

翌日、神子や審神者が、蓉子の捜索を行うことになった。

神子たちは班を組み、手分けをし、あらためて建仁寺の御堂を調査していく。

審神者である藤馬と春鷹が御堂に残って聞き込みをし、秋成、立夏、冬生は、祇園周辺の調査をしていくことになった。

ここに、菖蒲と撫子も加わっていた。

撫子は、特別な力を持たないいわゆる一般人だ。本来、一般人に危険が伴う鬼や妖に関わる仕事に協力してもらうのを良しとはしていない。だが、今回は『蓉子の捜索』とあって——事情を知る者ならば——人手は多い方がいいということで、撫子も参加していた。

「建仁寺の御堂、とても広かったですわね……」

御堂での調査を終え、祇園の町を歩きながら、菖蒲はぽつりと洩らす。

御堂の出入口は一か所に留まらず、そこかしこにあった。

本当ね、と撫子は顔をしかめて言う。

「あれなら、妖がどこからでも入ってこられるじゃない」

ううん、と秋成が首を横に振った。

「御堂には斎王自らが結界を張っていたんだ。どんな鬼も妖魔も入って来られない、最強の結界だった。完全な安全地帯だったんだよ」

「ですが、人は入れますよね？」

菖蒲が問うと、今度は立夏が首を横に振る。

「昨夜、自由に出入りできるようにしていた扉は一か所だけだった。他の出入口は、内側から施錠していたんだ。そして唯一の出入口だが僕たちが戦っている間は一度も開いていない」

「ああ、自分も扉には注意して見ていた。一度も開かなかった」

と、冬生が続ける。

妖魔も人も決して入れない御堂の中で、蓉子は忽然と姿を消してしまったということだ。

一体どういうことだろう、と菖蒲は眉根を寄せる。

「菖蒲さん、怖い顔をしてうつむいていては、大切なものを見逃すかもしれなくてよ」

撫子にそう言われて、菖蒲は顔を上げた。

太陽の光が目に眩しい。

昨夜の騒動が嘘のような、晴天だ。

明るい日差しの下の祇園の町は、夜とはまったく違う印象をもたらすものだ。

菖蒲は歩きながら、あの、と口を開く。

「わたし、草壁(くさかべ)さんの言葉を聞いて、思ったことがあるんです」

かつて、伝説の斎王は百鬼夜行(ひやっきやこう)を滅した。が、その中に禍神(まがかみ)もいて、それは滅することができず、どこかに封じたという。

「もしかしたら、何らかの事故でその封印が解かれて、今回の騒動につながっているのではないかと……」

菖蒲の言葉に、秋成は大きく目を見開いた。

「可能性はあると思う。世の中に急に起こる災厄って封じられていたものが放たれたことが原因だったりするから……」

冬生と立夏も、同意の相槌(あいづち)をうつ。

「だとしたら、どこに封じられていたか……」

「蓉子さんは、この辺りに強い念を感じると言っていたから、もしかしたら、この祇園甲部という可能性もあるかしれない」

「でも、祇園甲部と言っても広いわよねぇ」

「そうなんだよ。この辺りはそもそも念が強いからさぁ」

冬生、立夏、撫子、秋成の順にそう言い、小さく息をついた。

そんな話をしていると、団栗橋に辿り着き、皆は足を止めた。

菖蒲は橋の袂に立ち、つぶやいた。

「ここで、立夏様が笛を吹かれたんですね……」

声に熱がこもっているのを自分で感じて、菖蒲は恥ずかしくなってうつむいた。

こんな時なのに、橋で笛を吹く立夏の姿を想像してしまったのだ。

撫子は、菖蒲の心中を察したようで、愉しげに口角を上げる。

「昨夜のお兄様は、美しかったのかしら？」

それはもう、と秋成が鼻息を荒くした。

「昨夜の立夏君は、とんでもない美しさだったよね」

冬生も真面目な顔で続ける。

「たしかに、昨夜の立夏君は、傾国の美女を思わせた」

やめてくれないか、と立夏が顔色を失くしている。

菖蒲はそんな立夏を見て頰を赤らめ、撫子は、あはは、と笑った。

「それじゃあ、通り過ぎる祇園の芸舞妓さんに嫉妬されていたりして」

いや、秋成は首を横に振る。

「昨夜は警察に申請を出して、団栗橋付近を通行禁止にしてもらってたんだ。だから、芸舞妓はおろか、人は誰も通らなかったよ。まっ、鴨川沿いの店で飲んでいた人には見えたかもしれないけど」

その言葉を受けて立夏は、えっ、と目を瞬かせる。

「昨夜、通行人の声を聴いたんだが……」

そう言いかけて、いや、と立夏は口に手を当てた。

「僕はあの時、目を閉じていたから、妖魔の声だったのかもしれない」

「通行人はなんて言っていたんですか？」

と、菖蒲はすかさず訊ねる。

立夏はあの時耳にした言葉を思い返す。

『まぁ、なんて美しい……どちらの妓かしら？』

『桂光山さんの妓やないかしら』

褒め言葉だったので言いにくさを感じながらも、立夏は言葉通り伝えた。

「『桂光山』っていう、置屋（おきや）があるのかしら？」

と、撫子が冬生の方を向いて訊ねる。

冬生は、ふむ、と腕を組んだ。

「自分は置屋のことは分からないが、よもや『桂光山』は置屋ではなく、寺のことではないだろうか」

「どうして、お寺だと思うの？」

「『桂光山』は、西福寺（さいふくじ）の山号なんだ」

西福寺はここから歩いていける距離にある。

建仁寺の南に位置し、幽霊が子育てのために訪れたという飴屋（あめや）の向かい側だ。

冬生の言葉に、皆は目と口を大きく開ける。

「それだよ、冬生君。間違いない」

「わたしもそう思います」

秋成と菖蒲が興奮気味に言った最後に、撫子が冬生の背中を軽く叩く。

「さすがね、眼鏡さん」

「いいかげん、『眼鏡さん』はやめてくれないか」

冬生は顔をそらしながら、眼鏡の位置を正す。

「それじゃあ、西福寺へ調査に行ってみましょう。眼鏡さん、案内してちょうだい」

撫子は冬生の腕を引っ張り、生き生きとした様子で歩き出す。

その様子を見て、立夏はぽかんと口を開けた。

「立夏様、どうなさいました？」

菖蒲が問うと、立夏は戸惑いながら応える。

「撫子と冬生君は、いつの間にあんなに親しくなったのだろう？」

菖蒲は、うふふ、と笑った。

「わたしの護衛を通じてなんです。撫子さんと冬生さん、相性が良さそうですよね」

立夏は今一度、少し前を歩く撫子と冬生の背中に目を向けた。

撫子はとても楽しそうに笑っていて、冬生は相変わらず無表情だ。それでも、撫子の言動を嫌がっているわけではないのが伝わってくる。

「……そうだな」

その言葉に寂しさが含まれていた。たった一人の妹が、男性と仲良くしているのを見るのは、複雑な心境になるのかもしれない。菖蒲は、慌てて付け加える。

「相性が良いというのは、恋愛というわけではなくて、お友達として、ということですよ」

立夏は、そっと頬を緩ませた。

「いや、恋愛としても相性が良いかもしれない」

「えっ、でも、撫子さんは立夏様より美しい人じゃない嫌だと仰っていましたよ」

菖蒲がそう言うと、立夏は弱ったように肩をすくめる。

「撫子が僕を引き合いに出すのは、僕にべったり依存していたからだよ。本当に恋をする時は、きっと桜小路家にはいない雰囲気の男性だろうと思っていた」

「桜小路家にはいない雰囲気の男性……」

菖蒲は、立夏の言葉を復唱しながら、桜小路家の男性を思い返す。

凛々しく野心家だった長男の喜一、甘いマスクで女性にだらしのない慶二、そして真面目な同僚に『傾国の美女を思わせた』などと言われるほど、外見、所作、すべてにおいて美しい立夏――。

「そうですね、冬生さんのような方は、桜小路家にはいらっしゃらない」

菖蒲が独り言のように洩らすと、立夏は、だろう、と相槌をうつ。

「桜小路家の男たちは僕をはじめ、みんなぼんくらばかり。冬生君のように優秀な人間はいない」

「ぼんくらだなんて、そんなっ」

菖蒲が慌てて言うと、立夏は愉しげに笑った。

その笑顔を直視できず、菖蒲は思わず目を伏せる。しかしすぐに、こんな時に見惚れている場合ではない、と気持ちを引き締めて、顔を上げて歩き出した。

2

皆で話しながら歩いていると、瞬く間に西福寺の前に到着した。

西福寺は、建仁寺のような広さはなく、どちらかというと小さな寺であるが、歴史は深い。平安時代、空海が開山したと伝えられている。

冬生は山門を仰ぎ、口を開く。

「この辺り、六道之辻は古くは葬送地である鳥辺野の入口に当たり、そこに送られる亡骸の無常所とされていたそうだ」

『北の蓮台野』、『西の化野』、そしてこの辺り『東の鳥辺野』が京の三大葬地だった。

「ここ、西福寺は、六波羅蜜寺や六道珍皇寺と同様、あの世とこの世をつなぐ寺として知られている。有名な『地獄絵図』や『檀林皇后九相図』もここにあるという話だ」

「『檀林皇后九相図』って？」

と、撫子と秋成が、声を揃えて訊ねる。

「平安時代、後に檀林皇后と呼ばれる美しい女性がいたんだ。名前は橘嘉智子（たちばなのかちこ）という」

と、冬生が、檀林皇后について説明する。

菖蒲も、彼女のことは学んでいた。

橘嘉智子——後の檀林皇后は、美しく賢い女性だった。

空海の影響もあったのだろう、やがて仏教に深く帰依（きえ）するようになる。

そんな彼女は、『自分の死後は、亡骸を埋葬せずに、どこかの辻に捨てて鳥や獣の餌にするように。そして朽ち果てていく様子を絵にするように』と遺言を残し、この世を去ったという。

冬生は話を続ける。

「九相図とは、野外に捨てられた死体が朽ちていく様子を九段階に分けて書いたものを指す。檀林皇后の朽ちていく様子を描いた絵ということだ」

ええ、と秋成と撫子は揃って目を丸くする。

「どうして、そんなことを？」

「私なら耐えられません」

露骨（ろこつ）に驚く二人を見ながら、菖蒲も、同感、とうなずいた。

檀林皇后の九相図の話を、菖蒲もはじめて聞いた時は同じように思った。

そして今も、彼女の気持ちは分からない。

冬生は弱ったように応える。

「一説によると檀林皇后が美しすぎて、僧たちも修行に集中できないほどだったそうで、彼らの目を覚まさせたかったのではという話だ」

「そうだとしても……」

撫子と秋成が、納得できない、と顔をしかめている。

すると、菖蒲の隣で、立夏がぽつりと独りごちた。

「僕には、少し分かる気がする」

そのつぶやきは、菖蒲以外の人には聞き取れないような小さなものだった。

どうしてですか？

と、菖蒲は問いたかったが、今は気が咎めた。

本当に美しい者にしか分からないことがあるのかもしれない。

「つまりさ、美女の死体が朽ちていく様を描いた絵が、この寺にあるってことなんだよね？」

と、秋成は自分の体を抱き締める。

立夏は不思議そうに首を傾げた。

「秋成君は、白虎だからそういうのに慣れているのでは？」

「人外は見慣れているけど、実際の死体とかは得意じゃないんだ」

そんな話をしながら、皆で山門に足を踏み入れた。

入ってすぐに末廣不動尊の像がある。左手に水子地蔵尊が多く祀られていた。

ここは、地蔵尊を祀っている寺なのだ。

「それで、調査って何をすれば良いのかしら？」

撫子が問いかけに、菖蒲は、そうですね、と本坊に目を向ける。

「とりあえず、住職様のお話を聞いてみましょう」

そう言うと、菖蒲は本坊の入口へ向かい、こんにちは、と声をかけた。

ややあって、扉が開き、住職が顔を出した。

「これはこれは、驚きました。梅咲菖蒲さんですね」

驚いたのは、菖蒲の方だった。

「はい。梅咲菖蒲です。どうして、わたしのことを……？」

「以前、桜小路家での『技能會』に参加していたんです。あなたのお箏を聞きました。本当に素晴らしかったです。それからあなたが斎王候補になったと聞いた時は驚き、さらにその後、あなたが他の方を斎王に選んだという話を聞いて、またまた驚かされました」

そう聞くと、自分は随分お騒がせな存在のようだ。

菖蒲は気恥ずかしさに、はにかんだ。

「それに、桜小路家のご兄妹に、神子まで……」

住職は、立夏、撫子、冬生、秋成の顔ぶれを見て、

「もしかしたら、今日は本寺に何か御用がおありでしたか？」

と、穏やかな口調で問うた。

菖蒲は、はい、と強く首を縦に振る。

「お聞きしたいことがあります」

3

藤馬と春鷹は、建仁寺の御堂に残り、何か手掛かりはないか、と調査を続けていた。

冬の御堂は寒い。

出入口や窓などを見てまわりながら、手足がかじかんでくる。

藤馬が手を擦り合わせながら、何か見落としはないかと神経を集中させる。

何らかの事故でこの御堂の結界も破かれ、妖魔が裏の扉から侵入したと考える。

もし、そのようなことが起こっていた場合、この御堂に妖鬼や蓉子の恐怖心などの想念が残っていてもおかしくないが、そういったものは一切感じられなかった。

「藤馬はん、お寺の方が、寒いやろてカイロを持ってきてくれたし」

春鷹が微笑みながら、灰式カイロを差し出す。

藤馬はそれを受け取ろうとして、手を止めた。

今蓉子がどんな目に遭っているか分からない。もしかしたら、自分以上に寒い思いをしているのかもしれないのだ。

「いや、僕はいい」

手を引っ込めようとすると、

「あかんて」

と、春鷹は無理やり、カイロを藤馬に持たせる。

「蓉子さんを心配する気持ちは分かる。そやけど、藤馬はんが万全やないと、いざという時に力出せへんで」

そうだな、と藤馬はばつの悪さを感じながらカイロを懐に入れた。

「それと、界隈へ調査に出ていた白虎たちが戻ってきてる」

「秋成君たちか？」

「いや、秋成君の部下たちや」

春鷹は振り返って、御堂の外に目を向ける。

昨夜、奮闘した白虎四人が、横一列に並んでいた。

揃って、暗い表情をしている。

皆まで聞かなくても、収穫がなかったのが伝わってきた。

藤馬は、それでも、と外に出て白虎の前に立った。

「ご苦労だったね。何か分かったこと、気になったことがあれば……」

そう問うも白虎たちは、目を伏せて首を横に振る。

そうか、と藤馬は頭に手を当てた。

白虎たちの中で、二人が小刻みに震えている。

「あの、本当にすみません」

「昨夜は俺たちのせいで……」

彼らは昨夜、安井金比羅宮（やすいこんぴらぐう）の担当であり、鵺（ぬえ）の攻撃にあって、結界が解かれる結果となった。

「――あの夜、何があったのか、教えてもらえるだろうか？」

藤馬が低い声で問うと、二人は、はい、とか細くうなずく。

「俺たち二人は、秋成さんと安井金比羅宮で待機していました。でも、なかなか、合図の笛が聞こえなくて……」

「秋成さんが、『そろそろ、合図があってもいいはずのに、合図がないのはおかしい。何かあったのかもしれない。ちょっと見てくる。合図が聞こえたら、自分を待たずに結界の祈禱(きとう)をしろ』と言って、境内(けいだい)を出ていったんです」

「それから、少ししてから合図の笛が聞こえたので、俺たちは言われた通り、結界の祈禱をしました」

その刹那(せつな)、鵺の攻撃に遭ったという話だ。

自分たちのせいだと思っているのだろう、二人の顔色は真っ青だった。

それで、と藤馬はなるべく優しい口調で問う。

「鵺は、どんな風に攻撃を？」

「背後から鳴き声と羽音が聴こえてきて、次の瞬間頭が割れるように痛くなったんです」

「鵺が、祭壇を薙(な)ぎ倒して飛んでいくのが見えたんですが、立っていられないくらい頭が痛く、何もできませんでした」

二人の話を聞き、藤馬は難しい表情で腕を組む。

過去の文献を読むと、鵺は人の命を削るとされている。

だが、具体的にどのような攻撃をするかは、知られていなかった。

そういえば、と他の白虎が、ふと思い出したように口を開いた。

「鵺が陣営の方に現われた時、逃げ出そうとしていた妖魔たちが足を止めて、逃げるのをやめたんですよね」

そうそう、ともう一人の白虎が大きく首を縦に振る。

「『鵺様、鵺様』と鵺に向かって手を上げて、『どうか羽を』と言っていました」

「羽……」

どんな意味があるのだろう、と藤馬は考え込む。

「妖魔たちにとって『鵺』は崇める存在なんやろか……」

春鷹のつぶやきを聞き、それはありえそうだ、と藤馬は顔を上げて、白虎たちを見た。

「君たち、昨夜に続いて本当にありがとう。今日はもう解散でいい。何かあったら、また頼むよ」

はい、と白虎たちは深くお辞儀をして、建仁寺を後にする。

藤馬は彼らの背中を見送ってから、春鷹を見た。

「春鷹さん、蓉子が今どんな状態なのか占ってもらえないだろうか」

「そら、もちろん」

春鷹は強くうなずいて、今一度御堂の中に入る。

壁際に置いてあった風呂敷包みを解いて、筮竹など易の道具を出し、綺麗に並べてから正座した。

藤馬はその向かい側に腰を下ろす。

「ほな、占います」

と、春鷹は、筮竹を手にする。

藤馬は、息を呑んで、じっと見詰めた。

4

菖蒲たちは本坊に招かれ、和室に座っていた。

ほうじ茶が用意され、各々は礼を言ってから口に運んだ。

外が寒かったので、温かい茶が冷えた体に沁みる。

「それで、聞きたいこととはなんでしょう？」

住職にあらためて問われ、菖蒲は居住まいを正して口を開く。

「実は今、京の都に妖魔が現われておりまして……」

菖蒲は、かいつまんで住職に説明をした。

昨夜、立夏が妖のものと思われる声を聴いたこと。

彼らが『桂光山の妓ではないか』と言っていたこと。

さらに、かつて伝説の斎王が、禍神を封じたという話。その封印が解かれて、今回の騒動につながっているのではないか——そんな懸念も、ざっくりと伝えた。

すべて聞き終えて、住職は、ふむ、と顎に手を当てる。

「たしかに『桂光山』はうちの山号ですが、本坊が芸妓を預かるようことはしていません。しかし土地柄、この界隈で亡くなった芸舞妓が眠っております。そういえば、うちの墓地には、昔、とても美しいと評判だった芸妓が眠っているという話を父から聞いたことがあります。もしかしたら立夏さんはその妓だと思われたのかもしれませんね」

立夏は複雑そうな表情を浮かべる。

住職は、ふふっと笑った。

「妖たちが間違えたのも、無理はない」

それにしても、と住職は腕を組んだ。

「昨夜、この界隈に妖魔が出たとは……わたしも留守にしていなければ、多少お力になれたかもしれないのに」

「あっ、やっぱりあなたも、特別な力が？」

秋成が問うと、いやはや、と住職は弱ったように自身の頭を撫でつけた。

「これは失礼しました。わたしも昔、『青龍』の力を持つ神子で、審神者を務めたことがあるのです。寺を継ぐために退いたのですが……」

　そうだったんですね、と皆は納得した。

「ところで、立夏さん」

　はい、と立夏はうなずいた。

「先ほどわたしが、妖たちが間違えたのも無理はないと言ったのは、あなたが『朱雀』の中でも特に抜きん出た力を持っているからです。件の芸妓もそうだったという話でした」

　へぇ、と皆は洩らす。

　当然ながら四神の力を持つ者の中でも優劣があるものだ。

「立夏さんの場合は特別な『耳』を持っているようですね。ですから、あなたは妖の声を聴くことができたのでしょう。あなたは、人外を目視できずとも、彼らが発する音を『聴く』ことができるのです――」

　立夏は息を呑んで、ぽつりと洩らす。

「実は、春鷹さん……『審神者』にも同じようなことを言われました」

　そうですか、と住職は微笑む。

「ですが、『抜きん出た朱雀』というだけではなくなっているようです。今のあなたにはさらなる力が備わってきている……」

えっ、と立夏が眉根を寄せる。

秋成、冬生も驚いた様子だ。

「さらなる力とはどういうことでしょうか？」

立夏が突っ込んで問うと、住職は弱ったような表情を見せる。

「……こんなことを言うと、かつての菖蒲さんのご先祖のように上の者を怒らせてしまいそうですが、元々人は誰しも神子の力が備わっているものなんです」

菖蒲の心臓が音を立てた。

ご先祖とは、梅咲規貴のことを言っている。

梅咲規貴は、『玄武』の力を持つ、江戸時代の学者だった。

人は誰しも、特別な力を持っている。

だから、人々皆、平等であると説いたのだ。

その考えは、幕府にとって都合が悪く、結果として規貴は流刑になってしまう。

それじゃあ、と撫子が、自分の胸に手を当てた。

「この私にも神子の力があるということかしら？」

そうです、と住職は応える。

「人は誰しも『神子』の力を持っております。というよりも、『神子』の『種』を持っているといった方が分かりやすいかもしれませんね。その種は少し厄介でとても発芽しにくい。ですので、多くの場合、発芽することなく生涯を終えてしまいます。しかし、なんらかの刺激が加わることで、発芽することがある」

住職はそこまで言って、菖蒲に視線を移す。

「菖蒲さんもそうです。『技能會』で、あなたをお見かけした時はその種は発芽していなかった。おそらく、その後何らかの要因で芽が出たのでしょう。それが、なんと『麒麟』の種だったというわけです」

何らかの要因――それは、桜小路家の火事である。

菖蒲は、立夏を助けたいと強く願ったことで、特別な力が発芽したのだ。

住職は、立夏に視線を移す。

「立夏さんも何らかのきっかけで、種が発芽を始めたようです。それはどうやら、『白虎』の種ですね」

立夏は呆然としていたが、冬生は腑に落ちた様子だ。

「昨夜の立夏君の戦いぶりは、とても『朱雀』とは思えなかったんだが、なるほど、そういうことだったんだな」

うんうん、と秋成も首を縦に振った。

「もしかしたら、笛を吹いて妖魔に囲まれたのも、引き金になったのかもよ」

「僕に、『白虎』の力が――」

と、立夏は自分の掌に目を落とす。

彼が喜んでいるのが伝わってきて、菖蒲の胸が熱くなった。

いやはや、と住職は遠くを見るような目で話す。

「それにしても不思議なものです。あなたがたがこうして本寺に来てくださったのは、本当に仏様――森羅万象(しんらばんしょう)の思し召(おぼしめ)しなんでしょうな」

どういうことだろう？

菖蒲も皆もそれぞれ住職に視線を移す。

「桔梗姫(ききょうひめ)が禍神を封じられた場所――それは、本寺の墓地だったんです」

ええっ、と皆は大きく目を見開く。

「昔、高名な僧が彫った薬師如来像(やくしにょらいぞう)に封じていました。しかし、それはもうここにはありません」

「もう、ここにはないって、どういうこと……？」

と、撫子が皆の疑問を口にした。

「移されたんです」

「封印した薬師如来像が？」

信じられない、と秋成が息を呑む。

住職は、そうですよね、と肩を落とす。

「わたしも同じ気持ちでした。もちろん、反対もしました。封印したものを移動させるなんて、大きな危険を伴いますと……」

ですが、と住職は目を落とす。

「桔梗姫が仰るには、この辺りは黄泉が近すぎる地。危険があるだろうから、もっと安全なところへ移すという話でした」

「桔梗姫って、まだご存命なのね……？」

と、撫子が小声で囁く。

住職が、ええ、とうなずいた。

「三十年前に二十代でしたから、今は五十代でしょうか。京都を離れて隠居生活を送っているという話でしたね……」

あの、と菖蒲が訊ねる。

「その時、桔梗姫本人が、ここに？」

「いいえ、来られたのは、桔梗姫の命を受けた代理。八家の方々が来られました」

「八家の方々と言うのは、犬童家の方でしょうか？」

「違います。犬居家の方でした」

八家は、元々賀茂家を護る、犬童、犬居、犬塚、犬川、犬山、犬飼、犬谷、犬喜、という八つの家々だった。

しかし、今その権力は、賀茂家を凌ぐと言われている。

伝説の斎王・桔梗の本名は、犬童桔梗。

彼女は元は庶民の出だが、犬童家に嫁いだ女性だ。

もし、彼女が犬童家の人間でなく、普通の家に嫁いでいたらと考える。

あの目覚ましい活躍をしていても、『審神者』あたりで留まっていたかもしれない。

そもそも斎王は、未婚の女性がなるものという、確固たるしきたりがあったのだ。それを取っ払うことができたのは、犬童家の強い力があったからこそ。

桔梗を斎王に押し上げたのは、犬童家だった可能性は大いにある。

そして、八家の中で犬童家と権力が拮抗しているのが、犬居家だった。

「封印を移したのは、いつ頃でしょうか？」

と、菖蒲が前のめりになる。

「そうですね……ちょうど、一か月前くらいでしょうか」

「どこに移したのでしょうか？」

「移転先は、教えてもらえなかったのです」

そうですか、と菖蒲は力ない声を出す。

立夏が、あの、と口を開いた。

「ご住職、桔梗姫はそもそも、どんな禍神を封じたのでしょう?」

その問いに、住職は苦笑した。

「実のところ、神と言えるのか……、封じたのは、『鵺』だそうですよ」

5

しん、と静まり返った建仁寺の御堂の中に、筮竹の音が響く。

春鷹は真剣な表情で、筮竹を数え、叩き、蓉子の今の状態を占った。

「『天地否』三爻……」

春鷹は、筮竹に目を落としながら、ぽつりと洩らす。

「蓉子はどういう状態なんだろう?」

と、藤馬が詰め寄る。

春鷹は、まあまあ、と手をかざした。

「『天地否』は、『閉塞』『八方塞がり』の暗示や」

「八方塞がりか……」

「ほんで……蓉子さんは今の自分の状態をとても恥じているて暗示が出ている」

「つまり?」

「どこかに、監禁されている。捕らえられたことを恥じているてことやろか」

春鷹がそう言うと、藤馬は大きく息を洩らした。

「生きているなら良かった。いや、良かったとは言えないが……」

と、藤馬は自分を叱咤するように訂正した。

「ええやん、今生きているてことは、殺すつもりやあらへんてことや」

「そうか、そうだよな……でも、それじゃあ……」

どういう目的で？

そう言いかけた時、御堂の外から複数人の足音が聞こえてきた。すぐにそれが菖蒲たちのものであると感じた藤馬は、弾かれたように立ち上がり、扉を開ける。

先ほどの白虎たちは、皆暗い顔で帰ってきたが、今度は違っていた。

菖蒲、立夏、撫子、秋成、冬生は、これから戦いに出向くような、強い眼差しを見せている。

「なんや、収穫があったみたいやな」

と、春鷹が嬉しそうに言う。

菖蒲は、藤馬のすぐ前まで駆け寄り、白い息を吐きながら言った。

「お兄様、『鵺』はもしかしたら、意図的に放たれたものかもしれません」

えっ、と藤馬と春鷹は、戸惑いながら互いに顔を見合わせる。

「それは、どういうことだろう？」

「実は……」

　菖蒲が説明をしようとした時、春鷹が眉尻を下げて言う。

「とりあえず、寒すぎるし、温かいとこに行こか。菖蒲ちゃんも撫子ちゃんもほっぺが真っ赤や」

　藤馬は我に返り、そうだな、とうなずいた。

「みんなも疲れただろう。椿邸(つばきてい)で休みながら話すとしようか。実は今、春鷹さんに蓉子の安否を占ってもらっていたんだが、とりあえず、無事ではありそうなんだ」

　その言葉に菖蒲は、ああ、と安堵(あんど)の声を上げた。

「まだまだ心配ですが、ご無事で良かった」

「ほんなら、車用意するし、通りに出よか」

　そう続けた春鷹の言葉に、撫子は、ほっ、として肩を下げる。

「良かった。もう、凍えそうよ。それに小腹もすいちゃったわ」

　本当ね、と菖蒲もはにかむ。

　皆は、希望を胸に建仁寺の境内を出ていく。

　しかし、そんな自分たちを冷ややかな目で見ている者がいることに、菖蒲は気付いていなかった。

6

菖蒲たちが椿邸に入ると、邸内が香ばしい匂いに包まれていた。

「なんでしょう、この良い匂い？」

「あら、本当ね」

「ほんのり甘いような？」

と、菖蒲と撫子と秋成は、鼻をくんとさせる。

「みんな、こっちだよ」

と、藤馬は廊下を歩き、応接室の扉を開けた。

邸内のほとんどが和室だが、この応接室は洋間だ。

三人掛けのソファーが向かい合って並び、その間にテーブルがある。

壁際には桂子(けいこ)がいて皆の姿を確認するなり、深々と頭を下げる。

「皆様、お疲れ様でした」

「まぁ、桂子さん」

家で留守を預かっていたはずの桂子がここにいるとは思わず、菖蒲は目を瞬かせたが、すぐに藤馬が烏(からす)を使って連絡をしたのだろうと理解した。

「小腹もすいたことでしょう、鞍馬堂のあんぱんをご用意させていただきました」

と、桂子は、テーブルに視線を移す。

テーブルの上には、細竹で組んだ籠があった。その中にあんぱんが溢れんばかりに載っている。

鞍馬堂とは、この京都ではじめてできたベーカリーだ。

日本で最初のパン屋は、横浜だという。その後、東京、長崎、神戸などに開店していったそうだ。京都は、元々都だったこともあり、新しいものを取り入れるのが早い。しかし、パン屋だけは、少々遅れを取っていた。

そのため、京都に住む者たちにとって、パンは憧れでもある。

わあ、と菖蒲と撫子と秋成は目を輝かせる。

子どものように素直な反応を見せる三人の姿に、立夏、藤馬、春鷹、冬生は頬を緩ませる。

「今から、温かい飲み物をご用意いたしますね」

そう言うと桂子はお辞儀をして、応接室を出て行く。

「相変わらず、できるお人やなぁ」

と、春鷹は感心の息をつく。

「そうだね。自慢の部下だよ。さっ、とりあえず座ろうか」

その言葉を受けて、菖蒲と撫子と立夏、春鷹と秋成と冬生の並びで三人掛けソファに腰を下ろす。

「藤馬はんの座るところないやん」

「いいんだ、そもそも座るつもりはなかった」

と、藤馬は、ひっかけ棒を使って天井から黒板を下ろし、皆を振り返った。

「食べながらでいい、これまでの情報をまとめていこうか」

応接室に珈琲(コーヒー)や紅茶といった温かい飲み物が届き、カップが空になる頃にはそれぞれの報告が出揃っていた。

「つまり、こういうことだね」

と、藤馬はチョークを手に、黒板に書いていく。

・かつて、伝説の斎王・桔梗姫が封じたものは、鵺だった。

・鵺は、西福寺の墓地にある薬師如来像に封じられていた。

・しかし、約一か月前、桔梗姫の遣(つか)いが来て、その如来像をどこかに移した。

・遣いは、犬居家の者。

・京の都に妖の報告が出始めたのが、約一か月前。

・今、鵺が現われている。

皆は黙って、うんうん、とうなずいていたが、撫子だけが居心地の悪そうな顔をしている。

かと思えば、隣に座る立夏に耳打ちした。

立夏はぱちりと目を瞬かせるも、少し不本意そうに立ち上がる。

「冬生君、席を交換してくれないか」

「分かった」

と、冬生は無表情のまま腰を上げ、立夏と座る場所を交換した。

冬生が座るなり、撫子はこそこそと耳打ちした。

——あれ、なんて書いているの？

——ああ、あれは……。

小声だったが、隣に座っている菖蒲には聞き取れた。

どうやら、撫子は文字が読めなかったようだ。

そして、そのことは、立夏も知らない。伝えていないのだろう。しかし冬生には伝えている。

そうだったんだ、と菖蒲は息を呑む。

「次に、蓉子——斎王に関することをまとめよう」

と、藤馬は、再び黒板に書いていく。

・御堂は一か所の出入口を除き、内側から錠が掛けられ、結界が張られていた。
・唯一の出入口は、蓉子が入った後、一度も開いていない。
・蓉子は、人も妖魔も入れない密室で、姿を消してしまった。
・春鷹の占いの結果、蓉子は監禁されていて、今の状態を恥じているという暗示が出た。

藤馬が書いたことは、冬生が小声で撫子に伝えていた。

「これらの情報を得て、皆はどう思う？」

藤馬が皆を振り返る。

あら、と撫子が腕を組んだ。

迷いもなく、即座に簡潔に意見を言う。

「そんなの、犬居家が怪しいのは火を見るより明らかじゃない」

この撫子の姿を見ていると、黒板の文字が読めていないなんて信じられない気持ちだ。しかし彼女はこうして、自分の弱点を覆い隠してきたのだろう。

以前、上賀茂神社近くの茶屋で、撫子と交わした会話が頭を過る。

『いいわね。私ももっと勉強して職業婦人を目指すのも良いかもしれないわね』

その言葉が意外だと伝えると、撫子は自嘲気味に笑ったのだ。

『興味のない振りをしていたわ。喜一お兄様が「女に学問は必要ない」って人だから、勉強したいと言うと不機嫌になっていたし。だから、菖蒲さんが「玄武」の力を持つ優秀な方だったら、こっそり勉強を教わりたいと思ったりしたのよ』

――撫子は、本当に学びたかったのかもしれない。

そのために、自分も何か手伝えたら……。

菖蒲が密かにそんなことを思っていると、

「僕もそう思うよ」

藤馬の回答が耳に届いて、我に返った。

「しかし、犬居家が何を思ってこんなことを……」

藤馬が忌々しげに顔をしかめていると、冬生が口を開いた。

「斎王の掟を変えたのが、犬童家の独断だったと仮定しましょう。犬居家はそれに反対していたとする。だが、前の斎王の時は世論を味方につけられてしまったから、目を瞑った。次の斎王の時に軌道修正できれば良いと考えていたとする」

そやなぁ、と春鷹が大きく首を縦に振る。

「けど、次も結婚経験のある女性やった。これではあかんとなったてわけや」

「えっ、じゃあ、蓉子さんを斎王にしたくなくて、鵺を放ったたってこと？」

そう問うた秋成に、おそらく、と立夏はうなずく。

「斎王が正式に決定するのは、『節分祭』の時だという。京の町に妖が跋扈しても、蓉子さんが何もできなければ、世論を味方につけてひっくり返すことができると考えたのではないだろうか」

「それじゃあ、蓉子さんを攫（さら）ったのは、『節分祭』が終わるまで、監禁しておこうってことだったとか？」

撫子の問いに、可能性はある、と立夏は応えて話を続けた。

「御堂は密室だった。蓉子さんは攫われたのではなく、自分で出て行ったと考える方が自然じゃないかと思ったんだ」

自分で？　と皆は訊き返した。

「ああ。昨夜、もしかしたら、犬居家の関係者が寺にいて御堂の反対側から呼びかけたとする。そうしたら、蓉子さんは扉を開けるだろう」

立夏の言葉を聞き、藤馬は顔をしかめた。

「いや、だが、内側から鍵がかかっていたが？」

「あの時、御堂に蓉子さんがいないことで、僕たちは混乱した。すぐにたくさんの人が御堂に入って、蓉子さんの姿を探したんだ。そのどさくさに紛（まぎ）れて、鍵をかけることもできる」

皆は顔色を変え、つまり、と立夏は続ける。

「犬居家はそのくらい、菖蒲さんを斎王にしたいと考えているのだと」

そう言うと、まっすぐに菖蒲を見た。

自分の選択が、このような騒動を起こしている可能性がある。

西福寺の住職は、菖蒲に『麒麟』の種の芽が出たと言っていた。

そして、寺を出る時、菖蒲は住職から言葉を賜(たまわ)っていたのだ。


『菖蒲さん。あなたは、心を決めなくてはなりません』

どういうことでしょうか？　と訊ねると、住職は諭(さと)すように応えた。

『あなたは、自分の力と向き合おうとしていない。どこか目をそらしておられる。それでも、蓉子さんを斎王にと選ばれたのは心からの望みだったはずです。では、あなた自身は今後、どうしていきたいのか――』

自分は普通でありたい、と菖蒲は伝えた。

『そうですか。ですが、もう芽が出てしまっている。そうなった以上、育ちたいと思うのが本能です。今はあなたの心と魂の歩調があっていない。芽を育てるにしても、枯らすにしても、心を決めてください』

まるで、自分の不安定さが、今の出来事につながっているようだ。

菖蒲の胸がずきんと痛む。

「蓉子さんが犬居家にいる可能性は大いにあるってことだよね。藤馬さん、春鷹さん、犬居家と交流は？」

「残念ながら、僕は挨拶程度のもので……」

「僕は、付き合いは少しある。そやけど、家を訪ねることはできても、勝手に動き回るのは、無理やなぁ」

「かなりのお屋敷だ。忍び込むのは、相応の危険性を孕(はら)んでいる」

「だよね、下手すればお縄ちょうだいしちゃうよね」

と、秋成、藤馬、春鷹、冬生が話す中、

「僕が、犬居家に侵入してこようと思います」

そう言った立夏に、菖蒲も皆も驚いた。

「立夏様、侵入って……」

菖蒲が血相を変えると、大丈夫、と立夏が苦笑した。

「もうすぐ新年だ。名家はどこも『新年の宴会』を開く。となれば、三味線(しゃみせん)を弾く者が求められる。演奏者として紛れ込ませてもらおうと」

「お兄様、そんなことが可能ですの？」

「ああ、僕はアルバイトで楽団登録をしている。事務局にお願いしたら、話を通してくれるはずだ」

「そら、立夏君が自ら宴で三味線弾きますて言うたら、名家は大喜びやな」

と、春鷹は、納得して首を大きく縦に振っている。

「立夏様……」

以前の立夏は、風にそよぐ柳のようにどこかつかみどころがなかったが、今はそうではない。蓮の花のように凜(りん)としている。

彼も『心を決めている』からだろう。

自分も腹を括(くく)らなくてはならない。

今、自分が一番に望むことは、蓉子さんの帰還だ。

「あの、立夏様、わたくしもその楽団の一員として入ることができますでしょうか？　箏なら弾けます」

菖蒲は思わず立ち上がって言う。

立夏は驚いたように、菖蒲を見た。

「君の箏の腕は、認めるところだが、君の顔は知られているだろう」

「顔は薄絹(うすぎぬ)で隠します」

と、菖蒲は前のめりになる。

「それなら、菖蒲ちゃん。真正面から入ったらどうやろ」

春鷹の提案に、菖蒲は小首を傾げる。

「真正面とは？」

「梅咲菖蒲として犬居家の『新年の宴』で箏を披露したいて言うんや。僕が話しつけるし。間違いなく、大歓迎や」

そっか、と秋成が手を打つ。

「そこに俺たちも付き添いとして加われば、多少動き回っても言い訳できるよね」

よし、と藤馬も頬を紅潮させて、強くうなずいた。

「犬居家の『新年の宴』に正面から侵入する。作戦を練ろう」

皆は顔を見合わせて、わっ、と明るい声を上げた。

7

話し合いを終えて、菖蒲たちは椿邸を出た。

「それでは、菖蒲様。帰りましょうか」

と、桂子が帰り支度をしながら言う。

藤馬と春鷹は、邸に残って調べものをするそうだ。

菖蒲は、ええ、と応え、皆に挨拶をしようと振り返る。

庭の隅で、撫子が誰かと話している。

きっと立夏と一緒なのだろう、と菖蒲が歩み寄ると、その相手が冬生だったので、思わず足を止めた。

冬生は、撫子に本を手渡していた。

「――なんのつもり？」

撫子は怪訝そうに、冬生を見上げる。

「ルイス・キャロルの本だ。きっと、君も面白く読めるだろう」

菖蒲からは題名は見えなかったが、ルイス・キャロルの本というと少女がウサギを追い掛けて、不思議な冒険をする『愛ちゃんの夢物語』（※後の『不思議の国のアリス』）だろう。

たしかに撫子が喜びそうな選書だ。

「あのね、知ってると思うけど、私は……」

「すべての漢字に、ふり仮名をふっておいた」

と、冬生は、間髪を容れずに応える。

撫子は頁を開き、瞳を揺らしながら冬生を見た。

「……これは、あなたが？」

「ああ、これなら君も読めるだろう」

「ば、馬鹿じゃない？　暇じゃないくせに、こんなことに時間を使って……ほんと、馬鹿」

撫子はつっけんどんに言いながらも、真っ赤な顔で本を胸に抱く。

撫子のことをよく知る菖蒲には、彼女の気持ちがよく理解できた。

本当は嬉しくてたまらないのに、素直に言えないのだ。

そんな撫子が愛らしくて、菖蒲は悶（もだ）えそうになる。

が、問題は冬生だ。撫子の言っていることを言葉通り捉えている節があった。

冬生は、眼鏡の位置を正して、口を開く。

「『こんなことに』とは思わない。学びたいだけ学べた自分は、幸運な環境にいたということだ。そんな自分は、今後、意欲のある者に学びの機会を与えていくことが、幸運の恩返しだと思っている。であるから、このことを『無駄なこと』にするかどうかは、君次第なのではないだろうか」

まっすぐな正論を受けて、撫子はあんぐりと口を開けていた。

しかし、すぐにくっくと肩を震わせて笑う。

「……本当ね。眼鏡さんの親切を無駄にしないよう、一言一句しっかり読ませてもらうわ」

「ありがとう」

「お礼を言うのは私の方よ」

ありがとう……、と撫子は小声で言う。

陰から様子を窺っていた菖蒲は、口に手を当てて、うんうん、とうなずいた。

「菖蒲さん？」

背後で声がして、菖蒲は弾かれたように振り返る。

立夏がきょとんとして、菖蒲を見下ろしていた。

「具合でも？」

菖蒲は咄嗟に、口の前に人差し指を立て、視線だけで撫子と冬生を示した。

二人が向き合っている様子を見て、なるほど、と立夏は脱力したように笑う。

「あそこにも小さな『芽』が出ているということか」

──そう、あれは、恋の芽だ。

「『お兄様』としては、寂しいですか？」

と、菖蒲が問うと、立夏はそっと肩をすくめた。

「寂しくない、と言えば嘘になる。だけど、ホッとする気持ちもあるよ」

「ホッとするというと？」

「冬生君はしっかり者だから。ああいう人を好きになってくれるなら安心だ。同時に君の兄──藤馬さんの気持ちもよく分かる。もし、撫子が僕のような男をと思ったら、不安しかないからね」

そんな、と菖蒲は目を丸くするも、急に不安になって訊ねる。

「それは……どうしてですか？」

「どうしてと言うと？」

「そもそも兄が心配しているのは、立夏様が素敵すぎるからです。たくさんの女性との出会いがあって気持ちが移ってしまうこともあるのではないかと……」

菖蒲がそこまで言いかけた時、立夏は弱ったように頭を掻く。

「なんていうのかな……。僕はいつも一度失敗する人間なんだ。その失敗で学び、二度と同じ失敗は繰り返さない」

そう言って、しっかりと菖蒲と視線を合わせる。

「だからもう、君以外の人を好きになることはない」

菖蒲は大きく目を見開いて、立夏を見詰め返す。

それじゃあ、と立夏はそっとはにかんで、撫子の方へと向かう。

菖蒲はその場にしゃがみ込みそうになり、木の幹（みき）に手をついて、はぁぁと熱い息を吐き出した。

第五章　新年の宴

1

除夜の鐘が煩悩の数だけ京の町に響き渡り、気が付くと新年を迎えていた。

蓉子は、依然見付かっていない。

『きっと犬居家にいるのだろう』と楽観視していたわけではなかった。神子や警官が手を尽くして捜索している。

また、元隠密である桂子も犬居家に忍び込んで調査をしようとしたのだが、鉄壁の警護であり、侵入は不可能だったという。

蓉子が行方不明であることは世間に公表していなかった。

もしそんなことが知れたら、不吉な出来事の前触れだと、民衆のなかに不安になる者が続出するのは、想像に難くない。

しかし、人の口に戸を立てられるわけではなく、いずれ知られるだろう。

早く、蓉子を助け出さなくてはならない。

そんな気持ちの中での年越しであり、梅咲家は、明るい気分にはなれないまま新年を迎えた。

しかし、まだ望みは断たれていなかった。

犬居家は、菖蒲の来訪を歓迎したのだ。

『新年の宴』は、三日後——一月七日だ。

菖蒲は、このところ時間さえあれば、箏の練習をしていた。

それには、立夏も付き添っている。

此度の演奏では、立夏が作った曲を披露する。

新年の華やかさ、雅さが表現されたとても美しい曲であり、立夏が見本として弾いた時は、菖蒲は感嘆の息を洩らした。

「そろそろ、手を休めた方がいい」

一心不乱に箏の練習をしていた菖蒲は、立夏の言葉を受けて我に返った。

「懸命に練習するのは大事だけれど、手を駆使しすぎて、本番に生かせなければ元も子もないからね」

立夏に言われて気が付いた。菖蒲の指が痺れるように鈍く痛んでいる。

「本当ですね」

と、菖蒲が自分の手を摩ってはにかむ。

「立夏様が作られた曲が素晴らしくて、つい力が入ってしまいました。作曲もできるなんて、本当にすごいです。前に賞を獲られたこともあるとか……」

菖蒲がしみじみつぶやいていると、立夏はばつが悪そうに目をそらした。

「それは、僕が『朱雀』だからだ」

まぁ、と菖蒲はぱちりと目を瞬かせる。

「『朱雀』は技芸の才能を持って生まれてきていますが、皆が立夏様のように素晴らしくできるわけではありません。それは立夏様の練習の賜物ですよね？　才能に胡坐をかかずに、鍛錬を怠らなかった立夏様がわたしは素晴らしいと思うのです」

「……君は何回、『素晴らしい』と言うのだろう？」

と、今度は気恥ずかしそうに前髪をかき上げ、立夏は遠くに目を向ける。

「だが、実際僕は努力してきた。かつて僕はいつ桜小路家を追い出されるか分からない、危うい身の上だった。後ろ盾がなくなっても生きていけるよう技芸を磨いた。そうすることで、様々な賞を総なめにしてね。そうしたら、皆に言われたんだ。『さすが、朱雀だ』と……」

立夏は、小さく息をついた。

「いつも『朱雀』であることや、外見のことばかり褒められてきて、僕の血の滲(にじ)むような努力は注視されることはなかった」

立夏の話を聞きながら、西福寺(さいふくじ)での言葉を思い出す。

美貌(びぼう)の檀林皇后(だんりんこうごう)が、自分の亡骸(なきがら)が朽ちていく様を絵師に描かせたことを聞いた時、菖蒲は、どうしてそんなことを指示したのか理解できなかった。

しかし立夏は『僕には、少し分かる気がする』と吐露(とろ)していたのだ。

「だから、立夏様には檀林皇后のお気持ちが……？」

静かな声で問うと、立夏ははにかんだ。

「聞かれていたんだな。実のところ檀林皇后が何を考えて、そんな遺言をしたのかは分からない。だけど、まったく理解できないわけではない。僕はいつも自分を見てもらえていない気がしていた。彼女もいつも上っ面ばかり評価されていたことに怒りを感じていたのではないかと……一皮めくれば、誰もが同じであると……」

そう言うと立夏は、そっと口角を上げる。

「その点、小説はいい。僕が何遍原稿を送っても落選続き。ようやく、もらえた賞が佳作だった。上っ面で評価されないところにやりがいを感じている」

「今も書かれているのですか？」

「ああ、書いているよ。とはいえ、この騒動で筆を休めているが……」

「立夏様の小説を読める日が楽しみです」

菖蒲は頬を赤らめながら、今もじんわり痛む手を摩る。

「手を……」

立夏が、菖蒲の手を包むように取って、優しく揉んだ。

「指はしっかりほぐしておいた方がいい」

手から伝わる立夏のぬくもりと刺激に、菖蒲の頬が熱くなる。

気恥ずかしさに手を引っ込めたくなるが、このままでいたいという想いが勝った。

立夏を見ると、心配そうに菖蒲の手を見詰めている。

手を痛めていないかと、立夏は案じているのだ。

それなのに、邪な想いを抱いている自分が恥ずかしくなり、大丈夫です、と菖蒲は手を引っ込めた。

「わたしは、昔から一生懸命になりすぎるところがあるので、指も慣れているのか結構、丈夫なんですよ」

そうだな、と立夏は口角を上げる。

「君は本当に、出会った頃からイノ……まっすぐに突き進む人だった」

「あっ、今、『イノシシ』と言いそうになりませんでした？」

菖蒲が向きになって訊ねると、立夏は小さく笑った。

「すまない。悪い意味ではないよ」

「分かってます。兄や桂子さんにもよく言われるので……」

菖蒲が口を尖らせて、目を伏せると、立夏はその顔を覗き込んだ。

「君は、そんな表情もするんだな。初めて見たかもしれない」

間近に立夏の顔があって、菖蒲の鼓動が早鐘をうつ。

「ごめんなさい、わたし」

慌てて表情を整えようとすると、立夏は首を横に振って、菖蒲の髪を撫でた。

「君はいつも良い子にして微笑んでいるから、もっと、色々な表情が見たい」

「い、色々とは……?」

「怒った顔とか、むくれた顔とか、面白くなさそうな顔とか……」

そんな、と菖蒲は眉尻を下げる。

「『女はいつも微笑んでいろ』と、父が……」

そう言うと、立夏はばつが悪そうに苦笑した。

「恥ずかしながら、僕も以前はそんなふうに思っていたことがあったよ。いつもにこにこ微笑んでくれている女性が良いと……。けれどなぜなのか、君と出会ってから、そうではないと思うようになった。微笑んでいる顔はもちろん、もっと色々な表情が見たいと感じている」

　立夏が髪を撫でるようにして、菖蒲の頬に触れようとした時、

「お兄様、菖蒲さん、ちょっといいかしら」

と、隣の部屋から声がして、菖蒲はびくっとしながら振り返る。

襖を少しだけ開けた隣の部屋で、撫子と冬生が勉強会をしていたのだ。

菖蒲と立夏は、はい、と応えて、少し離れる。

練習中にごめんなさい、と撫子は襖を全開にして、菖蒲と立夏の前に座った。

「今、地理の勉強をしていて、ふと、伝説の斎王のことが気になったのよ。桔梗姫って京都を離れているという話だったけれど、一体今はどこに住んでいるのかしらって……」

　ふむ、と立夏が相槌をうつ。

「そうしたら、冬生さんも同じように疑問に思って、既に調べていたんですって」

　撫子がそこまで言うと、

「正確には秋成君に頼んで、白虎班に調べてもらったんだが……」

と、冬生は前置きをしてから、話を引き継いだ。

「どうも行方が分からないらしい」

　えっ、と菖蒲と立夏は訊き返す。

「桔梗姫の夫は何年も前に他界しているそうだ。その後、桔梗姫が犬童家を出て、隠居生活に入ったんだが、どこに隠居されているのかは不明だという話なんだ」

「それは、犬童家が隠居先を隠しているということでしょうか？」

菖蒲が問うと、もしくは、と立夏が続ける。

「犬童家も、桔梗姫の居場所が分かっていないということも……？」

二人の問いに冬生は険しい表情で、首を傾げた。

「そこまでは分からない」

それでね、と撫子が前のめりになる。

「私、あの人だったら知っているんじゃないかと思ったの」

皆まで言わなくても、菖蒲にはすぐにピンときた。

「――草壁さん！」

「そう。もう仕事はじめのはずよ。聞きに行ってみましょう」

撫子の提案に、菖蒲は強く首を縦に振る。

立夏と冬生もうなずいて、立ち上がった。

2

蓉子の安否が分かっていない今、行動に移すのに一寸の躊躇もなかった。

菖蒲たちは梅咲邸を出て、乗合馬車に乗り込み、南へと下る。

迅速に動いたつもりだったが、木屋町二条の出版社『時雨書院』の町家に辿り着いた時は、陽が西へと傾いていた。

扉の入口に『御用の方は扉を開けてお呼びください』と張り紙がしてある。

菖蒲は深呼吸をしてから引き戸を開けて、中に向かって呼びかけた。

「ごめんください」

少しの間、なんの反応もなかったが、ややあって、ふぁい、という低い声と共に草壁が顔を出した。おそらく仮眠をとっていたのだろう。髪はぼさぼさで、欠伸を嚙み殺したような表情をしている。

草壁は、菖蒲を見て、ぱちりと目を瞬かせる。

「またまた、菖蒲お嬢様、どうかされましたか?」

菖蒲の背後に撫子、冬生、立夏がいるのを見て、これまた大勢で、と洩らした。

菖蒲は一歩前に出て、草壁を見上げた。

「草壁さんに、お聞きしたいことがございまして」

なんでしょう?　と草壁は少し愉しげに訊ねるも、

「伝説の斎王――桔梗姫は今、どちらにいらっしゃるのでしょうか?」

菖蒲の質問を受けて、表情を強張らせた。

「どうして、そんなことを？」

「桔梗姫にお話を伺いたいと思ったのですが、行方知れずだとか……。草壁さんなら、居場所をご存じかと」

草壁はぐしゃぐしゃと頭を掻いた。

「……残念ながら、俺も行方はつかんでいないんです。京都を出ていったって話は聞いてはいるんだけど」

草壁は目を合わせずに言う。

菖蒲は直感的に、彼が嘘をついていると感じた。

桔梗姫の居場所を知っているのだ。

それでいて何らかの理由で話したくないと思っている。

あの、と菖蒲は前のめりになる。

「かつて桔梗姫が封じたものが、鵺であることが分かりました。西福寺の薬師如来像に封じたそうです。ですが最近、桔梗姫はご自分が封じられたものを移動させるよう指示を出したそうなんです。結果、鵺は放たれています。どういう意図でそのようなことをされたのか、どうしてもお話を伺いたいのです」

菖蒲が詰め寄ると、草壁は困ったように後退りする。

その時、二階へと続く階段の上の方から、女性の声がした。

「薬師如来像を移動させたと――？」

菖蒲、撫子、冬生、立夏は顔を上げて、階段の上に視線を向ける。

椿柄の紬を纏った女性が階段を下りてきた。

迫力がある雰囲気であり、菖蒲は思わず息を呑んだ。

「まさか、出てこられるなんて……」

草壁は弱ったようにまた頭を掻きながら、彼女を紹介する。

「彼女は『時雨書院』の社長で、かつて伝説の斎王と謳われた……」

「犬童桔梗だ。よろしく頼む」

桔梗は、皆を前に不敵に微笑んで、そう言う。

撫子、冬生、立夏は絶句していた。

だが、菖蒲は一目見て、分かったのだ。

彼女が、桔梗姫であると――。

年齢は、五十代のはずだが、見た目は十歳くらい若い。あっさりした顔立ちに細身の女性だった。

「娘、名は何という？」

あっ、と菖蒲は小さい声を上げるも、すぐに居住まいを正し、お辞儀をした。

「梅咲菖蒲と申します」

「そうか、そなたが斎王候補となり、綾小路蓉子を選んだ『麒麟』の娘……」

桔梗は少し可笑しそうに口角を上げ、

「私もそなたと話がしたかった。二階に上がるといい。草壁、お茶の用意を。お茶と言っても本当に茶を出すなよ。珈琲が飲みたい」

そう言いながら桔梗は階段を上がっていく。

草壁は、畏まりましたぁ、と肩をすくめて、菖蒲たちを見た。

「姫の仰せです。どうぞ二階へ」

菖蒲たちは顔を見合わせ、思い思いに二階へ上がる。

二階に上がってすぐに廊下が伸びていた。廊下に沿って襖が手前に二枚、奥に二枚。そして、廊下の突き当たりに扉が見えた。

桔梗は、手前の襖を開けた。

そこは畳の上に絨毯が敷かれ、二人掛けソファが向かい合って並ぶ応接室だった。

窓の外に、高瀬川と島川製作所の本店兼住居が見える。

桔梗は皆にソファに座るよう促し、自分は部屋の隅にある鏡台の椅子をソファの近くに持ってきて、そこに腰を下ろす。

そして、皆の顔を見回して、そっと口角を上げた。

「まず、そなたたちの話を聞かせてくれないか」

3

菖蒲は、これまでの出来事の一部始終を桔梗に伝えた。

桔梗は一度も話を遮らずに熱心に聞き入ったため、菖蒲の説明にも力が入り、話し終える頃には、草壁が届けた珈琲はすっかり冷めていた。

事情のすべてを聞き終えた桔梗は、そうか、と静かにうなずき、珈琲を口に運び、カップを皿の上に戻す。

あの、と菖蒲は遠慮がちに桔梗を見た。

「どうして、桔梗様はここに？」

「そうだな。私の話をしないことには始まらないな」

そう言った桔梗に、菖蒲、撫子、冬生、立夏は黙って、注目した。

「……かつて鵺は源頼政が矢を放って退治した。しかし、天から落ちてきた鵺の姿を見て、人々は鵺は神の遣いだったのではないか、と恐れをなした。そこで八家が鵺の亡骸を引き取り、祠を立てて祟り神にならぬよう、手厚く葬ったという」

だが、と桔梗は腕を組む。

「今から約二十年前、嵐が起こり、その祠が倒れていた。それを見て、当時の神子は皆、不吉な予感がしたという。それは的中し、鬼や妖の出現情報が出始めたかと思うと、百鬼夜行の話まで出てきた。ほどなくして、疫病が蔓延……。その頃の私は引退した神子。『白虎』の力もなりを潜め、小さな子の育児に手がいっぱいの普通の主婦。不吉な情報を耳にしても、胸を痛めることしかできなかった」

桔梗は、何より、と息を吐き出した。

「私は、犬童家で生きていくのが精いっぱいだった」

「どういうことですか？」

と、菖蒲は少し上体を乗り出す。

「夫と恋をして、私は犬童家に嫁いだのだが、元々は庶民。歓迎されていなかったのだよ。神子として活躍をしているならまだしも、その頃の私は神子としては落ちこぼれの方だった。ことあるごとにいびられ、いじめられていたんだ」

その言葉を聞いて、菖蒲は桜小路家での冷遇を思い出し、眉根を寄せる。

「救いだったのは、夫だけは味方でいてくれたことだ。いつでも全力で私を護ってくれた。そして娘の存在だ。針の筵にいようとも夫と娘がいてくれたら、と私は思っていた。そんな時、夫と娘が揃って流行り病に罹った。百鬼夜行も病気もすべて鵺の仕業だと私は体の中心から火が出るように怒りを感じた。今すぐあいつを滅してやると、長刀を持って、馬に乗り、門外へ出た」

そこからは、伝えられている通りだという。

鵺は、百鬼夜行の上空で、ひょーひょーと鳴いていた。

空から地までを斬るように長刀を振り下ろすと、鵺の体は一刀両断され、百鬼夜行は塵となって消えたという。

「しかし、鵺は塵になっていなかった。これは、私には手に負えないものだと感じ、西福寺の住職に相談することにしたんだ。ああ、西福寺の住職はかつての同僚だったのもあってね。信用の置ける男だ」

住職と相談した結果、西福寺に昔からあるという薬師如来像に封印することにしたそうだ。

「大昔、高名な僧が彫ったという話だが、おそらく空海が彫ったものだろうな」

弘法大師空海……、と皆が息を呑む。

「そう、まさに『麒麟』の力を持った僧だった」

そして、と桔梗は話を続ける。

「私が鵺と百鬼夜行を滅したところを多くの神子たちが目撃していた。私はたちまち救世主扱いだ。これまで私を疎んじていた犬童家の連中が私を『斎王』にしよう、と言い出した。もちろん、これには、反対意見も多かった。一番反対したのは犬居家だったか……。だが、世論の強さもあって、私が『斎王』となった」

「桔梗様は、『斎王』にはなりたくなかったのでしょうか？」

菖蒲が問うと、桔梗は、いいや、と首を横に振る。

「表面上は『仕方なく』という体を取っていたし、自分も『困ったな』などと思った振りをしていたが、心の奥底では自分が斎王になることを望んでいたよ。これが私の仕事だ。私がならずに誰がなるというんだ、と正直なところ思っていたよ」

怒りが引き金となって、『麒麟』の力を発現した桔梗。そんな彼女は他の誰かではなく、自分自身を『斎王』にと選んでいたということだ。

「それから、約三年間、『斎王』として尽力したよ。なかなか充実した日々だった。だが、夫が急な病で亡くなってしまってね。自分の中でぽっきりと何かが折れてしまった。夫のいない犬童家には一秒たりともいたくないと思った。夫の一周忌を終えた後、私は娘を連れて、大阪へ向かったんだ」

ほぼ、家出状態だったという。

「犬童家に連れ戻されたりはしなかったのでしょうか？」

菖蒲が問うと、桔梗は、ははっと笑った。

「戻るよう言われたが、それは体裁上だった。私はもう『斎王』も引退していたし、子も娘——後継ぎというわけではない。犬童の名前さえ汚さなければ、好きにやってくれという感じだった。私も『斎王』になって随分もの申すようになっていたし、厄介払いができて、ホッとしていただろう」

その後、桔梗は、大阪の新聞社に就職する。嘘や欺瞞の中で長く過ごしてきたこともあり、世の中の情報を正しく民衆に伝えることに魅力を感じたそうだ。

「そうして、新聞社にいた頃に世話になったのが、『時雨書院』の先代社長だ。『うちの会社を継いでくれないか』と言われて、私は二つ返事で引き受けた」

ちなみに、と桔梗は続ける。

「下の草壁は先代社長の息子で、今は私の部下だ」

へえええ、と皆は思わず洩らす。

それはそうと、と桔梗は話を戻した。

「鵺のことで隠していたことがある。この情報は危険だから表には出していなかった。草壁にも言っていない。しかし、もう話さなければいけない状態だろう。世に情報を正しく伝えたいと思いながら、知っていることを隠すというのは、ある意味、情報操作であったたな」

桔梗は自嘲気味に笑って、顔を上げた。

「鵺は世の中の『魔』や『膿』を自分の中に溜め込み、抱えきれない状態になった時に世に現われる。そして、そんな鵺を討った者は、特別な力を得ることができるそうだ。なんなら、鵺の羽だけでも、多少の力を得られる」

冬生が、では、と静かに洩らす。

「町中に現れ始めた妖たちは力を得たいと、鵺に誘われて集まっていた――？」

そういうことだ、と桔梗はうなずき、立夏に視線を移す。

「そこの美青年――桜小路立夏といったか。鵺に傷を負わせたのだろう？」

立夏は少し驚きながら、はい、と応える。

「力を得たはずだ。その力は、鍛錬次第で大きく伸びる」

立夏はごくりと喉を鳴らして、自分の両手に目を落とす。

それまで黙って話を聞いていた撫子だが、確認するように訊ねた。

「鵺は世の中の悪いものを溜め込んで限界になったら世の中に現われて、そんな自分を攻撃した者に特別な力を与えるって、まるで、人々の味方みたいですよね？」

そうだ、と桔梗は腰を上げ、窓の外に目を向ける。

「鵺は災厄の化身と言われているが、そうではない。災厄が起こらないよう、自分の体に悪しき感情を溜め込んで民を護り、それを抱えきれなくなった時、自分を射てほしいと鳴いて空を飛ぶのだ」

ひょーひょー、と鳴く鵺の声。

不気味だと感じていた。

だが、あれは、自分の中に抱え込んだ『膿』や『魔』が苦しくての悲鳴だったかもしれないのだ。

「えっ、それじゃあ、そのことは世に知らせた方が……」

と、撫子は立ち上がった。

桔梗は大きく息をついて、振り返る。

「そのことを悪用しようとする者が出てくるのを懸念したのだ。実際、今回の鵺の登場はあまりに早い。此度の件は、何者かが意図的に放ったのだよ」

――強い力を得るために……。

菖蒲は少し考え込み、顔を上げる。

「あの、桔梗様。今回の件は、蓉子さんではなくわたし――梅咲菖蒲を『斎王』にしたいと思った何者かの仕業だと思っていたのですが、そうではなかったのでしょうか？」

「そなたは、どう思う？」

「えっ？」

「誰かに問いかける前に、自分の内側に問いかける癖をつけるように。答えは自分が知っていようぞ」

問いかけて、分かるものなのだろうか？

「私は『鍛錬』をするようにと言った。その『鍛錬』は滝に打たれろということではない。よく、武芸では心技体を整えろというが、能力の発動もそれに近しい。力……特に大きな力は、自分のすべてが整っていなければ発動しない。特別な力を持つ神子も、自分の声を無視し続ければ、一般人と変わらない」

自分のすべてを整える。

思えば菖蒲の『麒麟』の力が発動した時――記憶にないのだが――自分のすべて、細胞の一つ一つまでが『立夏を助けたい』と願ったのだろう。

そうして、とてつもなく大きな力が放出された。

――今あなたの心と魂の歩調があっていない。

ふと、住職の言葉が頭を過る。

――あそこにも小さな『芽』が出ているということか。

立夏の言葉を思い出した。

椿邸の庭で、可愛いやりとりをしている撫子と冬生を見て、洩らしたもの。

あれは、恋の芽だと、菖蒲は思った。

もし、撫子があの芽を無視して潰そうとしていたら、それはとても悲しいことだ。

菖蒲の胸の内でざわめきが起こった。

自分は、それと同じようなことをしようとしている。

『麒麟』の芽が育つことを望んでいるのに、自分はその声に蓋をしていたのだ。

平凡を望んでいる。普通が良いと思っている。

目立たず、大切な人と共に穏やかに暮らしたいと願っている。

それには、特別な力を持っていてはいけないと考えていたのだ。しかし、西福寺の住職も今の桔梗姫も、強い力を持ちながら、平穏に過ごしている。

『麒麟』の芽を伸ばし、特別な力を得たとしても、自分が望むならば、平穏に暮らすことができるのだ。

むしろ、大切な人を護る力になるだろう。

そう思った瞬間、全身が熱くなった。

胸の内側が強い光を放っているように感じる。

今なら、問いかければ分かるかもしれない。

菖蒲はそっと自分の胸に手を当てて、目を瞑る。

今回の事件を起こしている者の意図はなんなのか……。

「やはり首謀者は蓉子さんを斎王にしたくない。『清い乙女』であるわたし……梅咲菖蒲が良いと強く思っている……」

これは、頭の中に明確な回答が返ってきているわけではない。

はっきり言ってしまえば、『なんとなくそんな気がする』だけだ。

それでも、新しい案を思いついた時と似た感覚で、浮かんでくる。

梅咲菖蒲を斎王にするために、『節分祭』までに蓉子を失脚させたい。

では百鬼夜行を起こすのはどうしてだろう。

鵺を放てば、鵺の力を求めて鬼や妖怪たちが集まり、百鬼夜行となる。

その鵺を射ることで、自分は力を得ることができる。

そんな想いと共に、もう一つ、菖蒲の中に感覚的に伝わってきたことがある。

「強い嫉妬――劣等感みたいなものが、根底にある気がします」

気が付くと、そんな言葉が菖蒲の口をついて出ていた。

ふむ、と冬生が腕を組む。

「様々な事情に精通していて、強い嫉妬や劣等感を持っている者……」

冬生が、誰かの名前を言おうとして、躊躇した。

仲間内で、誰よりも強い劣等感を持っている者に心当たりがあったからだろう。

声には出さなかったが、冬生の口の形が『秋成』と言っていた。

立夏も、冬生が、『秋成』と言おうとしたのを察したようだ。

まさか、そんな……と立夏は頭を振るも、ハッと目を見開いた。

「そういえば、あの時、彼はなぜ持ち場を離れたのだろう？」

立夏が笛を吹いて、妖魔を引き付けている時、合図の笛が遅いから心配になったと、秋成は立夏の許に駆け付けた。

そして、安井金比羅宮が手薄となり、結界が解かれた。

いや、そもそも、彼らは秋成の部下だ。

結界を失敗させるよう、指示を出していた可能性がある。

場が静まり返るなか、桔梗がぽつりと洩らした。

「犬居家の者が、薬師如来像を引き取りに西福寺を訪れたそうだが、本当に犬居家の人間だったのであろうか？」

えっ、と皆は訊き返す。

「私には甚だ疑問だ。本来私の遣いだと言うなら犬童家の者が行くはず。そもそも犬居の者が、犬童の遣いなどしないのだよ。この二つの家は対等であり、競い合ってもいる」

たしかに、と撫子がうなずく。

「そう考えると、色々不自然よね。あえて犬居を名乗ったって感じもする」

だとしたら、犬居家だというのは偽りということだろうか？

「どうしましょう。もう、犬居家で宴会の約束を取り付けてしまっていて……」

菖蒲が眉根を寄せると、いや、と桔梗は腰に手を当てる。

「犬居家が無関係とは一概にも言えぬし、八家――八つの家々は一か所に固まっている。『宴会には、ぜひ八家の方々にも来ていただきたい』と一言添えるといい。梅咲菖蒲という人物を品定めしたい者たちが遠慮なく集まってくる」

八家が棲まうのは比叡山の麓。京都の北の鬼門のお膝元、八瀬の地の一角に集落のように固まっているのだという。

「あの霊気の強い風光明媚な地で、そなたたち二人が演奏をしたら、鵺も現われるだろう。その時、犯人はボロを出す」

と、桔梗が、菖蒲と立夏を交互に見て言う。

二人は顔を見合わせて、強く首を縦に振った。

ところで、と桔梗はあらためて菖蒲を見詰めた。

「そなたは、『麒麟』として綾小路蓉子を『斎王』に選んだのだろう？　だとしたら、二人は心の奥底でつながっているはずだ。語り掛けたら応えてくれるのではないか？」

「……えっ？」

菖蒲は戸惑いから、瞳を揺らした。

『時雨書院』から梅咲邸に戻った菖蒲は、自室に籠(こも)りぼんやりしながら桔梗の言葉を反芻(はんすう)していた。

蓉子とつながっているはずだと言われた菖蒲は、あの場ですぐに目を瞑り、蓉子に語り掛けてみたのだが、何も応答はなかったのだ。

がっかりしながら帰路についたのだが、思えば以前、蓉子の意識とつながった時は、自分は瞑想(めいそう)状態に入っていたのだ。

あんなにたくさんの人がいるところでは、無理があったのだろう。

菖蒲は布団に横たわって、大きく深呼吸をし、目を瞑った。

蓉子の意識とつながりたい、と思いながら、彼女の姿を思い浮かべ、呼びかける。

しかし、一向に応答はなく、菖蒲は諦めて眠りについた。

4

一月七日。

『新年の宴』の開催日を迎えた。

八家の集落がある八瀬は、比叡山を間近に望み、高野川(たかのがわ)が流れている。

桔梗が『霊気の強い風光明媚な地』と称していたのもうなずける、美しくも気高い地だった。

地名の由来は、壬申の乱の際に大海人皇子がここで背に矢傷を負ったからと言われているそうだが、もしかしたら、八家の『八』も関係しているのかもしれない。

自動車は、目的地に着いたのを確認し、停車した。

菖蒲、桂子、藤馬、立夏が思い思いに車を降りる。

八家の門は、一か所だ。

大きな門を想像していたが、実際は山寺の門のようにひっそりと厳かだった。

広い敷地に瓦屋根の屋敷が八軒、間隔を空けて建っている。どの家も書院造りであり、一見寺務所のようだ。それらの屋敷の中心に舞殿があった。

「菖蒲さん」

先に来ていた春鷹、秋成、冬生が迎えてくれた。

皆はそれぞれ和装だ。

桂子は常盤木（松）柄の訪問着であり、藤馬、立夏、春鷹、秋成、冬生は狩衣だ。

そして菖蒲は、白地に梅の柄が入った、正月らしい振袖を纏っている。

「こら、綺麗やなぁ。いち早く春が来たようや」

と、春鷹は菖蒲を前に、ぱちぱちと拍手をする。

「ありがとうございます」

菖蒲がはにかんでいると青年がやってきて、深々とお辞儀をした。

「梅咲菖蒲様、桜小路立夏様、そして皆様、ようこそおいでくださいました」

青年の顔を見て、菖蒲は、あっ、と小さな声を上げる。

見たことがある人物だったのだ。

菖蒲の視線に気が付いたようで、彼は会釈した。

「はい、自分は、秋成さんの白虎班に属しております。犬居直忠と申します」

そうだった。

蓉子が何者かに攫われた翌朝、菖蒲は撫子らと一緒に建仁寺へ出向いた。

そこには、昨夜戦った一同が揃っていて、彼はその中にいたのだ。

「犬居家の方だったんですね」

菖蒲が意外そうに洩らすと、春鷹がにこやかに言う。

「実は、『神子』は名家の出が多いんや。対等に付き合うために、あえて苗字を伏せて活動する風習があるんや」

菖蒲が、そうなのですね、と相槌をうっていると、秋成が肩をすくめた。

「名家の最たるものは、春鷹さんですよね。なんたって、あの藤原家だ」

藤原家は、賀茂(かも)家を上回る名家だ。

いやいや、と春鷹は首を横に振る。

「藤原家いうても僕は、もう何年も実家に帰ってへん、しょうもない次男やねん」

春鷹は笑っていたが、その笑顔はどこか寂しげだった。

彼も、藤馬や立夏のように親と確執(かくしつ)があるのかもしれない。

「では、皆様、こちらにどうぞ」

直忠はそう言って歩き出し、舞殿の横で足を止めた。

「本日はこの舞殿での演奏をお願いしたく……冬なのに申し訳ございません」

と、彼は両手を合わせながら言う。

「今日は良いお天気ですし、大丈夫です」

空は晴天だったが、実のところ冷え込んでいる。

雪が降ってもおかしくなかったが、此度の演奏で鵺を呼びたい菖蒲たちにとっては、屋外での演奏は好都合だ。

「それは良かった。菖蒲様と立夏様は、控室でお待ちください。藤馬様、春鷹様は『審神者(さにわ)』席へ、秋成様と冬生様は来客席……」

彼の言葉が終わらないうちに、秋成が、いえ、と声を上げる。

「俺は、舞殿の近くにいて、菖蒲さんの護衛を務めます」

そう言った秋成に、立夏と冬生は複雑そうな表情を見せる。

秋成は元々、まっすぐな少年だ。

少し前ならば、菖蒲を護りたいという真摯な想いだと受け取っただろう。

しかし今は、違っている。彼が、誰よりも先に鵠を射抜き、力を得たいと目論んでいるのでは――そんな考えが立夏と冬生の頭を掠めているのだろう。

菖蒲はというと、実のところよく分かっていなかった。

もちろん、今回の騒動の首謀者の根底に嫉妬が大きく関わっていると感じ取ったのは、菖蒲自身だ。

秋成の中に強い劣等感と嫉妬があるのも伝わってきている。

「では、菖蒲様、立夏様、こちらです」

犬居直忠の案内で、菖蒲と立夏は屋敷の中に入る。

犬居直忠が用意したのは、六畳一間だった。

ここに来るまでの間、四方八方から視線が注がれているのが分かった。

人の姿が見えているわけではない。物陰から窺っているのだ。

テーブルに茶菓子が用意されている。

「少し準備がございます。小一時間ほど休んでいてください」

そう言うと、彼は部屋を後にした。

ようやく、値踏みするような視線から逃れられて、菖蒲は大きく息をついた。

「もしかして、緊張を？」

立夏に問われて、菖蒲は苦笑した。

「……物陰から見られていて、息苦しかったのです」

立夏は視線に気付いていなかったようで、物陰から？　と小首を傾げた。

「はい。わたしを見て、噂（うわさ）する声まで、聞こえてきていました」

——あれが、梅咲菖蒲様。本当に彼女が『斎王』だったら良かったのに。

——そう、『斎王』は『清い乙女』がなるものだ。

おそらく、小声で話していたはずだ。それでも、菖蒲には耳元で囁（ささや）かれているかのようにしっかりと聞こえたのだ。

これは、麒麟の力がさせているのだと菖蒲は感じていた。

すると立夏は、ああ、と顔をしかめる。

「その声は、僕にも聞こえていた」

やはり立夏は、特別な『耳』を持っているようだ。

今になって、『僕はいつも自分を見てもらえていない気がしていた』と言っていた立夏の気持ちが分かった気がした。

彼らが見ているのは、『清い乙女』であることなのだ。

では、自分が『清い乙女』ではなくなったら、彼らはどうするのだろう？

菖蒲はキュッと下唇を噛む。

「菖蒲さん？」

立夏が不思議そうに問いかけた時、菖蒲は意を決して、彼の胸に頭を寄せた。

「立夏様……わたしを……」

えっ、と彼の体が硬直したのが分かった。

「汚して、くださいませんか？」

菖蒲は消え入りそうなか細い声で囁く。

「一体、なにを……」

こんなところで、と彼が小声で続けた。

菖蒲は意を決して、声を上げる。

「こんなところだから、良いのです。はしたない娘だとすぐに噂になるでしょう？　そもそも、わたしが『清い乙女』だからこうした事態になっているんです。そうではなくなったら、こんな不毛な騒動に終止符を打てるのではないでしょうか……」

そんなふうに言いながら、菖蒲は立夏に軽蔑されるかもしれない怖さと恥ずかしさに顔を上げられなかった。全身が心臓になったかのように、ばくばくと脈打っている。

　立夏が菖蒲の髪を梳くように撫でて、顎に手を添えた。

「菖蒲……」

甘い声で名前を呼び、菖蒲の顎を上に引き上げる。

すぐ目の前に立夏の顔があった。

さらに顔が近付いてきて、菖蒲は目を閉じて、唇を差し向ける。

が、互いの唇は重ならず、こつん、と額が触れた。

「君は本当にイノシシだな」

えっ、と菖蒲は弾かれたように顔を上げる。

「君の言う通り、『梅咲菖蒲』が『清い乙女』ではなくなったなら蓉子さんの拉致問題は解決するかもしれない。だが、君はどうなる？　必ず、後悔するはずだ」

後悔なんて、と菖蒲は首を横に振る。

「わたしは立夏様をお慕いしてます。いつかあなたのお嫁さんになりたい、それがわたしの夢で……。ですから後悔なんて……」

「僕も君が好きだよ。いつか君と結婚したい」

菖蒲の胸がじんわりと熱くなる。

「僕は、想い合っている二人が結ばれるのを『汚れ』だとは思わない。僕にはそうした経験はないが、きっと奇跡のように尊いことではないかと思っている。だけど君は『汚してほしい』と言った。僕は君を汚したいなんて思わない。そんな気持ちで結ばれても、良い結果が生まれるはずがないと考える」

いかに自分が浅はかだったかを痛感し、菖蒲は羞恥に耐えられず、うつむいた。

立夏は優しく微笑んで、菖蒲の手を取った。

「僕もいつか君と……と、夢を見ている。恥ずかしながら妾——」

「妾？」

「色々な想いを巡らせたりもする。だが、実際に結ばれるときは、皆に認められて、祝福された状態がいい」

「立夏様……」

菖蒲は泣き出しそうになりながら、立夏を見上げた。

「わたし、本当に考えなしで、恥ずかしいです」

「僕は、そんなイノシシな君がたまらなく可愛い」

だけど、と立夏は菖蒲の両肩を包むように抱いて、一歩離れた。

「これ以上の接近は駄目だ」

「えっ、どうしてですか？」

どうしてって、と立夏は弱ったように顔を背ける。

その時、誰かがこちらに向かってくる足音が聞こえてきた。

菖蒲は慌てて、立夏の側から離れて、懐紙(かいし)で目頭を押さえる。

「菖蒲様、立夏様、準備ができました」

はい、と菖蒲は立ち上がり、立夏を振り返る。

「立夏様、行きましょう」

立夏は額に手を当てて、うなずく。

微(かす)かに見えた彼の耳が真っ赤に染まっていた。

5

菖蒲と立夏は舞殿に立ち、周囲を見回した。

犬居家を筆頭に、八家の人々が舞殿を囲むようにして座っている。

秋成たち白虎班は舞殿の傍(かたわ)らに立ち、弓矢を手にしていた。

菖蒲と立夏は深くお辞儀をし、菖蒲は箏の前に座り、立夏は三味線(しゃみせん)を手に取って、腰を下ろす。

ちょうど、その時、空からふわふわと淡雪が舞い落ちてきた。

寒いはずだ、という声が聞こえてきたが、菖蒲は不思議と寒さは感じない。

それはきっと、立夏も同じだろう。

菖蒲と立夏は目配せをしてから、演奏を始めた。

菖蒲の箏の音に、立夏の三味線が雅に寄り添う。

音の一つ一つが真珠の粒のように輝いている。それが螺旋のようになって、華やかに絡み合い、天に向かって伸びていく。

やがて、自分の箏の音と、立夏の三味線の音しか聞こえなくなった。

菖蒲は演奏をしながら、かつて自分が辿り着いた不思議な空間を思い出す。

自分は水面の上にいて、辺りを見渡すと、一面に蓮の花が咲いていたのだ。

空は、藍と青と橙と薄紅色が混ざり合ったような、ゾッとするほどに美しい色をしていた。

今、この舞殿は、あの空間にとても近しい。

そうだ。

今なら、どこにでも行ける。

もしかしたら、蓉子の許へも行けるかもしれない。

『蓉子さん、この箏の音が聴こえていますか?』

菖蒲は、心の中で蓉子に呼びかける。

『菖蒲さん、この箏の音はあなたなのね？』

蓉子の声が届いたと思うと、自分はいつの間にかどこかの和室の中にいた。

向かい側には、蓉子が座っている。

『蓉子さん、ご無事で良かった。おかげんはいかがですか？』

菖蒲が前のめりになると、蓉子は苦笑した。

『心配かけてごめんなさい。どこかの屋敷の離れに監禁はされているけれど、ここを出られない以外は、不自由はないわ。暖かいし、ちゃんと食事もいただいている。「しばらくの間ここにいてもらうだけだから」と言われていて……』

『一体、誰がこんなことを……？』

そう問いかけた時、菖蒲の頭にある光景が浮かんできた。

――あの夜、蓉子は、立夏に護られながら、建仁寺の御堂に入った。

しばらくそこでジッとしていると、反対側の扉を叩く音がしたのだ。

『斎王、白虎班の者です。藤馬様がここは危険なので、直ちに移動するようにと』

それは、聞き覚えのある声だった。

それでも、疑いつつ覗き見ると白虎班の青年たちの姿が目に入った。

彼らは秋成と共に安井金比羅宮の結界を担当していた二人であり、蓉子は安堵して、扉を開けた。

『こっちです』

と、二人に先導されて、蓉子は自動車に乗り込んだのだ。

『――その後は、この有様よ』

蓉子はそう言うと、障子の向こうに目を向ける。

そこには、番人の男性が座っていた。

彼は白虎班の者で、犬居直忠と共にいた青年だ。

菖蒲はごくりと息を呑む。

「……わたくしは、いつになったらここを出られるのかしら？」

蓉子があえて大きめの声で言うと、彼は申し訳なさそうに応える。

「申し訳ございません。前にお伝えしたようにあと約一か月、我慢していただけたら解放いたしますので」

そんな彼は、白虎でありながら、菖蒲の存在に気付いていないようだ。

霊力がさほど強くないのだろう。

ふと感じ取ったのは、彼は『神子』の資格を得た頃は強い霊力を持っていたのではないかということだ。

大人になるに従って、力が薄れる者は少なくない。

『神子』の資格を得るのは大変なことだ。

たとえ家柄が良くても、能力がない者が『神子』になることはないと聞く。

だが、『神子』になった後、力が薄れた場合はどうだろう？

庶民の出ならば、すぐに資格をはく奪されてしまうだろうが、家柄が良ければ話は変わってくるのかもしれない。

蓉子は諦めきった表情で、菖蒲を見た。

『菖蒲さん、こんなわけだから私が斎王になるのは難しそうだわ。せっかくあなたに選んでもらったのに、ごめんなさいね。思えば、「麒麟」のあなたが選んでくれたというだけで、私はただの「青龍」。「斎王」なんて器ではなかったのよ……』

そんな……、と菖蒲は首を横に振る。

『では、あなたはどうして、わたくしを選んでくださったんですか？』

そう問われて、菖蒲はすぐに答えることができなかった。

『ほら、分からないのでしょう？』

正直に言うと、分からない。

だが、蓉子だと思ったのだ。

それは決して蓉子を救いたかったからではない。救いたい気持ちは当然あったが、それとこれは話が別だ。

自分の全身全霊が、蓉子だと思ったのだ。

『蓉子さんは、「斎王」になりたいと思いましたか？』

菖蒲の問いかけに、蓉子は自嘲気味に笑う。

『これが自分に与えられた本当の仕事だったんだ、などと夢を見ました。一瞬だけです。今のこの現状は、分不相応な夢を見た罰なのでしょう』

菖蒲はごくりと喉を鳴らした。

『蓉子さん、わたしは「斎王」になりたいなんて微塵も思わないのです。ですが、伝説の斎王・桔梗姫も同じことを言っていました。「これが私の仕事だ」と……』

蓉子の中に、『斎王』の芽は出ているのだ。

『あとは、あなたが決めるのです。斎王になると――』

そう言うと蓉子は、大きく目を見開く。

ややあって、蓉子は白虎の青年に声をかけた。

「あなたはあと約一か月の我慢と仰いましたが……それは、『節分祭』が終わるまでですよね？」

青年は、ええ、とうなずく。

「主人は、やはり『斎王』は、『清い乙女』でないと、世が乱れるとお考えです。『節分祭』にあなたが現われなければ、辞退したことになる」

そうですね、と蓉子はうなずいた。

「あなたの主人の考えは分かりました。では、あなたはどうなのでしょう？ あなたも同じように思っていますか？」

蓉子のつぶやきに、彼は目を伏せた。

「元々は、そう思っていました……」

でも、と彼は目を伏せる。

蓉子を前にして、尊敬や畏怖の念を抱いていることが菖蒲に伝わってくる。

「建仁寺の陣営であなたのお姿を見て、あなたの心からの言葉を聞いた時、蓉子様こそ『斎王』なのでは、と思った自分もいました……」

そうか、と菖蒲は口に手を当てる。

『蓉子様は、強い言葉をお持ちなんだ……』

蓉子の言葉は、人々の心を動かすのだろう。

かつて蓉子は立夏の小説を読み、その感想をしたためた。

立夏に誰が書いたものかと問われた際、蓉子は使用人の千花だと嘘をついたのだが、感想自体はおそらく心からの言葉だったのだろう。

だから、立夏の心が揺らいだ。

菖蒲のつぶやきを聞き、蓉子の肩が小刻みに震えた。

今はじめて自分の武器を知った蓉子は、意を決したように、口を開く。

「ところで、箏の音が聴こえるけれど、これは菖蒲さんの演奏ですね」

そう問うと、青年の肩がびくんと震えた。

「とても素晴らしい演奏ね……きっと、誰しも彼女こそ、『斎王』だと思っていることでしょう」

青年は弱ったように目を泳がせる。

「わたくし、こんなやり方ではなく、しっかり引導を渡されたいと思います」

「どういうことですか？」

「禍々しい力を持ったものが、ここに近付いてきているのが伝わってきます。おそらく、鵺でしょう」

青年は絶句した。

「二人の斎王候補の前に鵺が現われる。これは天の意志です。もう、判断を天に任せてはいかがでしょうか？」

蓉子がそう言った時だ。

周囲のどよめきが菖蒲の耳に届いた。

菖蒲の意識が、一気に舞殿へと引き戻される。

ひょーひょー、と不気味であり、悲しい鳴き声が耳に届く。

鵺が上空に現われていた。

「くそっ、やっぱり現われたか！」

と、秋成たち白虎班が弓矢を放った。

しかし、秋成の矢も白虎班の矢も、鵺には当たらない。

ひょーひょー、と悲しく鳴きながらも、鵺は矢を避けるように飛んでいる。

鵺の体から、自身が溜め込んだ禍々しいものが地上に向かって放たれていく。

その刹那(せつな)、

「白虎班、待機！」

春鷹の声が、響き渡った。

そこからの光景は、まるでコマ送りのように見えた。

それまで、『審神者』の席に悠々と座っていた春鷹が勢いよく駆け出し、秋成の弓を奪って、鵺に向かって放ったのだ。

しかし、矢は鵺に当たらない。

春鷹は舌打ちし、さらに矢を放つ。

「くそっ、なんでなん。鵺は、自分を射てもらいたいんやろ?」

春鷹の戸惑いの声を聞いて、菖蒲は空を仰ぎ、静かにつぶやく。

「きっと、自分を射る者を選んでいる……」

春鷹が矢を放っている間、この場は混沌としていた。

鵺を見て逃げ出す八家の者、もっと弓矢を用意しろと叫ぶ藤馬、菖蒲を護ろうとする立夏、呆然としている秋成と白虎班。

すると、今度は、建物の方からざわめきが起こった。

犬居家の屋敷から、蓉子が現われたのだ。

隣にいた白虎の青年から弓矢二具を受け取って、舞殿に上がった。

「蓉子さん……」

蓉子はにこりと微笑んで、弓矢を一具、菖蒲に手渡す。

「菖蒲さん、鵺は苦しんでいる。わたくしたちで楽にしてあげましょう」

菖蒲はぎこちなくうなずき、鵺に向かって弓を構える。

女学校で弓道の授業があったが、的以外を射たことはない。

鵺は、ひょーひょーと、悲しい声を上げて、旋回（せんかい）している。

早く射てほしい、と訴えているのが伝わってきた。

自分が矢を放ったら、鵺はそれで楽になれるのだろう。

それでも……。

自分の放った矢が鵺に刺さり、落下する様子を想像し、菖蒲の体が震える。

菖蒲は首を横に振って、弓矢を下ろした。

「ごめんなさい、蓉子さん。わたしにはできません」

蓉子は静かにうなずいた。

弓を手に凛(りん)として構える。

「鵺よ、わたくしが今、あなたを解放してあげます――」

そう言うと蓉子は、鵺に向かって矢を放った。

まるで鵺は、彼女に射られるのを望んでいたようだ。

矢は見事、鵺の体に刺さり、地面へと落下する。

おお、と八家の者たちが、歓声を上げた。

なんやねん、と春鷹が目を剝(む)いて叫ぶ。

「あの鵺を射るんは、僕やったんや。なんのためにここまで準備したと……」

その場に膝をついて、地面に拳を当てた。

天から降り注ぐ雪が溶けるほどの激しい情念が、彼の体を取り囲んでいる。

「ああ……」

菖蒲は静かに洩らして、そっと額に手を当てた。

気付くことができなかった。
すべてを裏で操っていたのは、春鷹だったのだ。

第六章　淡雪に想う

1

藤原春鷹は、幼い頃『神童』と呼ばれていた。

春鷹には空を渡る龍の姿が見え、龍の声（意思）を聴くことができた。明日や明後日の天気が分かったし、地震などの震災も予知できた。

人ならざる者の姿が見えて、滅することも簡単にできた。

対峙した人の表情を見ていると、その人物が何を考えているか伝わってきたし、その者の背後に寄り添う守護霊から話を聞くこともできた。

そんな春鷹は当然のように十三で『神子』となり、それからすぐに『青龍』と『白虎』、両方の力が申し分なく備わっていると認められて、『審神者』となった。

春鷹は、特別な力があるだけではなく、武芸や学問にも秀でていた。

さらに、容姿も端麗。

自分は天に選ばれた人間だと思っていた。

ただ一つ気に入らないのは、自分が次男であることだった。

由緒正しき家の嫡男ではないことが、たった一つ面白くなかった。

嫡男というのは、家の顔であると同時に、面倒なことも引き受けなくてはならない。

結婚もそうだ。

春鷹は両親に、『おまえが見初めた女性ならば、我々は反対する理由はないだろう』と言っていた。

だが、長男はそうではない。

家同士のつながりがあり、親が決めた許嫁が存在する。

しかし、春鷹が嫡男になりたかったのには、理由があった。

兄、鷹雄の許嫁で幼馴染である、小百合に憧れていたのだ。

許嫁の小百合は、鷹雄と同い年。

春鷹よりも五つ年上の女性で、線が細く、優しく穏やかで、控えめに笑う。小さな花のような女性だった。

兄も優秀であり、そして、心優しい人間だ。

春鷹は、そんな兄をとても慕っていたし、この二人ならば祝福できると心から思っていた。

自分の淡い初恋も、やがて淡雪のように消えるだろうと……。

しかし、皮肉なもので、兄には許嫁以外に想う人——恋人がいた。

なんとしてもその女性と結婚したいと兄は、両親に土下座をして頼み込んだが、認められはしなかった。

兄の恋人は、庶民だったのだ。

『その女と結婚するなら、この家を出ていけ。藤原の名を捨てて、好きに生きろ』と、父は叫んだ。

兄は家を出る決意までしていた。

だが、兄の恋人は、兄の将来を想って姿を消した。

恋人を失った兄は、見る影もないくらいに暗くなっていった。

それでも、両親は気にも留めず、婚姻の話を進め、兄は失意の中で許嫁の小百合と結婚をすることとなる。

恋人とは残念な結果になってしまったが、小百合はとても素敵な女性だ。

きっと、すぐに元の鷹雄に戻るだろう、と両親は思っていたようだ。

しかし、人の気持ちというのは、そう単純ではない。

兄は恋人を忘れられず、結婚後も彼女の姿を探し続けていた。

ありとあらゆる手を使い、なんとか恋人を見付け出して、彼女の許に通うようになった。

ここまでなら、名家によくある話だ。

本妻がいて、寵愛する妾がいるというのは、わざわざ話題にあげるほどのことでもない。

厄介だったのは、兄がとても一途な人間だったこと。

兄は、小百合に一切、手をつけていなかったのだ。

小百合は、毎晩のように夫が寝室に来るのを待ち続けていた。

ことあるごとに双方の親に『後継ぎはまだか』と詰め寄られ、家に帰ってこない兄の所業を小百合のせいだと責め立てられた。

春鷹は、そんな小百合が気の毒でならなかった。

なるべく彼女の許へ行き、元気づけていた。

小百合はいつも春鷹の訪問を喜び、

『春鷹君、私にそんなに気を遣わなくてもいいのよ』

と、微笑んで言う。

どんなにつらいことがあっても、いつもにこにこ笑っている女性だった。

だが、兄の妾が懐妊したという話を聞いた時は、小百合も平静ではいられなくなったのだろう。

家を訪れた春鷹の胸に飛び込み、おいおい、と涙を流した。

これまで、どんなことがあっても笑顔を絶やさなかった彼女の涙を見て、春鷹の胸が熱くなった。

『僕がいる。ずっと、あなたが好きやった』

彼女を強く抱き締め、口を吸い、交わった。

初めての行為に我を忘れ、何度も重なった。

罪悪感はあった。

とんでもないことをしていると分かっていた。

それでも、止められなかった。

やがて、小百合は、妊娠した。

『ごめんなさい、春鷹君。夫が私に触れてくれなかったというのは嘘なの。彼が妾のところに行くのが面白くなくて私も同じことをしてやろうとあなたと通じていただけ。この子はあなたの子ではなく夫の子よ。母親になった以上、お遊びもおしまい。私は二度と、あなたと二人きりでは会わないわ』

嘘だと、春鷹は声を荒らげた。自分と一緒にこの家を出ようと。

しかし、小百合は、春鷹と会うのを拒んだ。

春鷹は、小百合の言葉を信じていなかった。

きっと自分のためについた嘘なのだろう。

だが兄は、小百合の妊娠を知り、目に見えるほど変わった。

家に帰ってくるようになり、小百合の体を労るようになり、生まれてきた長男をとても可愛がった。

その様子を知り、小百合の言っていたことは本当だったのだ、と春鷹は落胆した。

いくら兄でも、身に覚えのない子どもを可愛がることはできないだろう。

子どもができてからの兄夫婦は、仲睦まじいと評判だった。

とはいえ、春鷹はそんな兄夫婦も、生まれてきた子どもの姿も見ていない。

小百合に別れを告げられた後、すぐに藤原家を出たのだ。

あちこち転々としたが、やがて八家が棲まう八瀬の集落に入り浸るようになる。

春鷹が、八家の者たちと過ごすようになったのには、思惑があった。

元々、八家の者たちにとって、藤原家は主君のようなもの。

現代においては、力が拮抗しているが故に、時に腹を探り合うような関係だった。

だが、春鷹は、家同士の牽制(けんせい)などものともせずに、いつも親切に接していた。

そうしているうちに、八家の者たちは春鷹を心から慕うようになる。

それは、すべて春鷹の計算ずくの行動である。

彼らを味方につけておく必要があった。

兄の妻と交わってから、春鷹は自分が一番大切にしていたものを失いつつあった。

以前は当たり前のようにあった特別な力が薄れていたのだ。

明日の天気が分かり、震災をも予知した春鷹だったが、今となっては普通の人よりも勘が良いくらい、筮竹(ぜいちく)を使った占いがまあまあ当たる程度のもの。人外の姿は見えるが、以前のようにはっきりは見えず、とてもぼんやりしていた。

これは、『神子』の試験では落とされる水準だ。

何らかのきっかけで、能力を失う者はいる。

その場合は、『審神者』はおろか、『神子』の称号もはく奪される。

しかし春鷹は、八家を後ろ盾にして、それを誤魔化(ごまか)し続けていた。

『一時的なもんやねん』

『易(えき)なら、百パァセント当たるし』

等と言って――。

人前では飄々としていたが、実のところ心はいつも焦っていた。

これ以上、力を失ったなら、八家も自分に見切りをつけるだろう。

慕っていた兄も恋しい人も帰る家さえも失った自分にとって何より欲しているものは、かつての力だ。

なんとしても、あの強い力を取り戻したい。

2

梅咲菖蒲に出会ったのは、そんな頃だ。

つらい中でも笑顔を絶やさずにいる彼女は、小百合を彷彿とさせた。

箏の弦が切れても、機転を利かせて演奏を続ける姿には、感動もした。

彼女ならば、小百合を忘れられるかもしれない。

が、そんな淡い想いが膨らむ前に、菖蒲は『斎王』候補に選ばれた。

驚いたが、嬉しくもあった。

何より、八家の者たちが、心から安堵し、喜んでいたのだ。

やはり、『斎王』は『清い乙女』でなくてはならない。

しきたりを変えた犬童家さえも、そんな風に思っている。

女性も大学に行く時代に、ナンセンスだと思いながら、春鷹も同意していた。自分は汚れたことで、力を失ってしまったのだ。神聖な力を降ろすのに清い体でいるというのは、とても大切なことなのだろう。自分は、『斎王』となった菖蒲に仕えよう。

『斎王』の任期は、大体三年くらい。その後、引退し、結婚する者も多い。三年間、菖蒲の側にいて、ゆっくりと心を解きほぐせたら……。

菖蒲は、桜小路立夏に想いを寄せているが、あれは幼い初恋のようなもの。立夏は美しいが、とても未熟。青い若者だ。

時間さえあれば、振り向かせることができるだろう、と自信があった。


しかし、事態は一変した。

梅咲菖蒲は、元桜小路夫人・蓉子を『斎王』に指名したのだ。

これには、春鷹も八家の者たちも仰天していた。

八家の中でも特に反発したのが、長老たち——ではなく、女性を神聖視している、女性の肌に触れたことがない青年部の若者たちだった。

世の中のすべてを見尽くし、そして今や退屈している老練な長老たちは、達観していた。『斎王』が未婚でも既婚で構わない様子だ。

ただ、青年部の動きを見て、『面白いことになった』と喜んでいる節もあり、若者たちのやることに口を出さなかった。

八家の青年たちは、それを良いことに広間に集まって、なんとか阻止できないかと夜毎話し合っていた。

中心となっているのは、犬童家と犬居家だ。

犬童家の若者は、自分の家がしきたりを捻じ曲げたことを恥じていたし、犬居家の若者は、元々反対だったということで、見事に意気投合していた。

春鷹はというと、長老たちに近い気持ちだった。

彼らの様子を面白おかしく、近くで眺めていた。

八家の青年の中に、秋成が率いる白虎班の者が二人いる。

一人が犬居家の者で、もう一人が犬飼家の者だ。

二人のことを可愛がっているのもあり、秋成に、『秋成君、うちの子たちをよろしゅう』と言ったのだが、秋成は面白くなさそうな顔をしていた。

彼は自分が庶民の出であることに、劣等感を抱いている。

秋成が『神子』に選ばれた時のことをよく知っている。

その頃は、庶民でありながら、『神子』になれたのを誇りに思っていたというのに、今となっては出自を恥じている節がある。

そして、春鷹はというと、秋成のみなぎるような力が妬ましかった。

3

ある夜のことだ。

犬居家の青年が、良いことを思いついたと鼻息を荒くして、広間に入ってきた。

『西福寺に桔梗姫が封じた鵺がいるらしい』

その鵺を放ったら、また京の町は騒動になる。

しかし、蓉子は何もできず、我々、白虎班が解決する。

そうなったら、彼女は相応しくないと声高に言えるのではないか、と犬居家の青年は話す。

春鷹は彼の言葉を感心しながら聞いていた。

『君、詳しいんやね』

『実は、鵺は、犬居家が古くから管理している聖獣なのです。鵺の体は、北東の寅、南東の巳、南西の申、北西の戌亥を現わしていると言われています。戌亥は、犬居とも考えられ、当家がずっと見守ってきたそうなんです』

家には鵺の文献もあるんですよ、と彼は続けた。

ちょっとした好奇心だった。

『へぇ、その文献、見てみたいし、僕に貸してくれへん？』

『古い文字で書かれているので、何が書いてあるのか読めませんよ？　俺には読めませんでしたし』

『かまわへん。ちょっと見たいだけや』

『それなら、ちょっと待っててください』

そう言うと、青年はすぐに立ち上がり、ややあって文献を手に戻ってきた。

『おおきに』

それから春鷹は自室に籠（こも）り、文献の解読をはじめる。

文献は、日本最古の文字と言われる神代（じんだい）文字で書かれていた。

藤原家に伝えられている文献も神代文字で書かれているものがいくつもあり、多少時間がかかったが、春鷹は、その文献を読み解くことができた。

そこには、鵺の秘密が書かれていた。

鵺は、世の災いを引き受け、自らの体に『負』や『魔』を取り込んでいる。

しかしそれらを抱えきれなくなった時に、世に現われる。

その時、自分を射てほしい、と悲しく鳴くと……。

そして、自分の体を射た者に、強い力を授けるとも記されていた。

春鷹が文献の解読に夢中になっている間、八家の青年たちは動き出していた。

西福寺を訪ねて、自分たちは桔梗姫の遣(つか)いであり、薬師如来像(やくしにょらいぞう)を移したいと申し出ると、住職(じゅうしょく)は渋ったという。

住職は、桔梗姫の遣いであるというのを疑っているようだった。

しかし、彼らが犬居家の人間であるのは間違いなく、身分証明書を提示したことで薬師如来像を回収することが叶ったそうだ。

鵺を封じていた薬師如来像は、比叡山(ひえいざん)の山奥に移し、白虎班の二人が祈禱(きとう)をして、封印を解いたという。

ひょおおお、と風の音のような、悲しい悲鳴のような鳴き声と共に、鵺は夜の闇に消えていったそうだ。

その場面には、春鷹は居合わせていない。

本当に鵺が出たことには驚いた。

『え、ほんまなん、それ』

と、半信半疑で思っていた。

鵺を放ってから、数日。

闇に隠れていた妖(あやかし)が姿を現わし、京の町に集まりはじめた。

思惑通りだ、と青年たちが歓喜していた。

まさか、本当にこのような事態になるとは、と春鷹は武者震いをした。

この出来事をもっと広めなければ……。

そう思った春鷹は、偽名を使って『時世』に投書をする。

『この出来事は、蓉子様が「斎王」になるのを天が拒否しているように感じられるのです……』

と、記者の心に訴えかけるような文をしたためたところ、おそらく『時世』編集者の心に響いたのだろう。

『時世』は、なかなか良い記事を書いてくれた。

4

そうして、建仁寺での、妖魔を退治しようとなった夜。

春鷹は、蓉子も訪れるという話を藤馬から聞き、青年部にそのことを伝えた。

彼らは、それでは作戦が台無しだと動揺していた。

元々の作戦は蓉子がいないところで妖魔を退治し、蓉子が無能であると決定付けようというものだったのだ。

この場に蓉子が来てしまっては、話が変わってしまう。

『いや、せっかく出てきてくれたんだ。これを利用しない手はない。どさくさに紛れて、蓉子を拉致し、「節分祭」まで監禁しよう。もちろん、傷付けはしない』

青年たちは、そんな風に作戦を変えていた。

おいおい、と春鷹は苦笑する。

『そんなことまでしたら、大変なことやで』

春鷹は一応、窘めたが、それは『振り』だ。

彼らが止まらないことに気付いていた。

彼らの動力となっているのは、『正義感』だ。

自分が正しいと思っている者ほど、強く、そして厄介なものはない。

青年部の二人はあえて秋成の班に入っていた。

彼らは安井金比羅宮で待機し、春鷹は立夏の護衛についた。

まだ力が弱い妖魔たちは白虎の気配を感じると逃げてしまうが、ほとんど力のない自分だったら、問題ないだろう。

立夏の美しさと笛の音は素晴らしかった。

彼は『朱雀』の化身のような男だと心から思う。

何より、以前よりも人としての深みが増していて、彼が成長しているのが伝わってきた。

恋の敵手として、なかなか手強いと春鷹はしみじみ思う。

立夏の奏でた美しい音色は、みごとに妖魔を集めだした。

さらに、ひょーひょー、と鵺の声が聞こえた時は、春鷹は全身の血が沸騰（ふっとう）するような興奮を感じた。

まさか、本当に鵺を呼べるとは思っておらず、春鷹は弓矢を手にしていなかった。

なんとしても、陣営に戻らなくてはならない。

今、結界を張られたら、鵺に逃げられる。

春鷹は焦りを抑えながら、立夏を先導して陣営に向かった。

そうしていると、秋成が駆けてくるのが見えた。

おそらく、青年部の二人が見に行くよう、言ったのだろう。

秋成が側にいない方が、仕事をしやすいからだ。

春鷹と秋成は、結界を張る、張らないで揉（も）めたが、立夏は秋成に従った。

結界は一度張られたが、青年部二人の働きにより、すぐに解かれる。

彼らは鵺の攻撃を受けた振りをし、どさくさに紛れて蓉子の拉致に成功した。

建仁寺の外に、仲間の車が待機していて、それに乗せたようだ。

その後、どこに匿（かくま）っていたかは知らないが、八家のうちのどこかなのだろう。

春鷹はというと、うっすらと見える鵺を射ようと懸命に矢を放った。

あれを討ち取れば力を取り戻すことができると必死だった。しかし矢が当たることはなく、鵺の姿を目視できていない立夏が、矢傷を負わせた。

それにより立夏が新しい力を得たのを、春鷹は感じていた。

悔しくて、震えを感じた。

あの時、自分が射ていれば、あの力を取り戻せただろうに。

これは、なんとしても、自分が鵺を仕留めなければならない。

かつての力を取り戻すのだ――。


やがて迎えた『新年の宴』。

八家の舞殿に、菖蒲と立夏が立った時、空からふわふわと淡雪が舞い落ちてきた。

『寒いはずだよ。外で演奏させるなんて、やはり申し訳なかった』

そんな声があちらこちらから聴こえてくる。

だが、春鷹には、天からの祝福のように見えていた。

春鷹の胸の内側に黒いものが込み上がる。

これは、立夏に向けた嫉妬ではない。

二人の仲が、森羅万象に認められているように見えてのことだ。

自分の唯一の恋は、誰にも祝福されるものではなかった。

淡雪のように消えると思っていた想いは、いつしか根雪となり、今は氷のように凍てついている。

立夏と菖蒲が羨ましかった。

紆余曲折の末、結ばれた藤馬と蓉子が羨ましかった。

どうして、自分はいつも一人でいるのか――。

やりきれない気持ちでいると、ひょーひょー、と悲しい鳴き声が聞こえてきた。

鵺が、舞殿の上空を旋回している。

早く自分を射てくれと鳴くその姿は、自分と重なった。

春鷹は気が付くと立ち上がり、白虎の弓を奪って、空に向かい、矢を放っていた。

ああ、ようやく、自分が救われる時が来た。

鵺を討ち取り、自分はあの頃の力を取り戻すのだ――。

最終章　祭りの後

1

八家(はっけ)の若者たちが蓉子(ようこ)を監禁していたことは、表ざたにはならなかったが、水面下で大きな問題となり、青年たちは処分を下されることとなる。

八家の長老たちは彼らが良からぬことをやっているのに気付いていたはずだが、『まったく知らなかった』『遺憾(いかん)ともしがたいことだ。厳しい処分を求める』といった声明を出し、事なきを得ていた。

一方、春鷹(はるたか)は、今回の事件に直接関与はしていない。

しかし、青年たちがやっていることを知っていながら黙っていたのと、私欲のために彼らを操(あやつ)っていた節があるということで、やはり処分の対象となった。

その後、『節分祭(せつぶんさい)』が行われた。

賀茂家、八家が見守る中、蓉子は神事を行い、晴れて正式に『斎王』と認められたのだ。

『斎王』は、『神子』たちの頂点に立つ存在。『斎王』となった蓉子の最初の仕事は、青年たちと春鷹の処分を決めることだった。

＊

「実は私も『斎王』は菖蒲さんで良いじゃないかと思っていた一人なのだけど、『斎王』って組織の中で粗相を犯した者の処分を決めなくてはならないのね。それは菖蒲さんには難しそうよねぇ。菖蒲さんには厳しさがないというか。結局、鵺も可哀相で射られなかったんでしょう？　優しすぎるのも駄目なのかもしれないわねぇ」

撫子は下鴨神社の境内にある茶屋で、大福をもぐもぐ食べながらしみじみと言う。

菖蒲はばつの悪さに苦笑しながら、みたらし団子を口に運ぶ。

「そんなんじゃないんです……」

わたしはただの卑怯者なんです、と心の中でつぶやく。

鵺は射られたがっていたのに、自分は直接手を下せなかった。

それでいて蓉子が矢を放った時には、安堵していたのだ。

「ま、なんであれ、そういうところは、結局『斎王』の器じゃなかったってことね。人の上に立つって、綺麗ごとだけではすまないし」

と、撫子はあっさり言う。

「ええ。本当に私には『斎王』なんて無理な話なんです」

『斎王』は、お飾りの姫ではない。

能力者の王となるのだ。

菖蒲ははにかんで、糺の森の向こう側に見える建物——裁務所に目を向けた。

今、あそこで、罪を犯した八家の青年たちと、春鷹の裁きが行われている。

菖蒲は、春鷹のことが気になり、下鴨神社を訪れていた。

境内をぶらぶら歩いていると、撫子、立夏、秋成、冬生もやってきたので、茶屋に入ったところだった。

それにしてもさぁ、と秋成が口を尖らせ、

「途中、俺が疑われてたって聞いたんだけど、それってどういうこと？」

立夏と冬生に一瞥をくれる。

「すまない」

冬生と立夏は即座に、秋成に向かい、手を合わせた。

「えっ、そこは、『実は信じてたよ』って言ってほしかったよ」

秋成が鼻息を荒くして言うと、立夏と冬生は顔を見合わせ、再び声を揃えた。

「本当にすまない」

「ちょっと、正直すぎだよ」

と、秋成が真っ赤になって言う。

そんな彼らの姿を見て、菖蒲は微笑みつつ、小さく息をつく。

立夏は、大丈夫だ、と菖蒲の肩に手を載せた。

「昔、桜小路家で問題……たとえば使用人同士での争いが起こった時、それをおさめるのは蓉子さんだった。蓉子さんが双方の話を聞いて、判定して、注意をしていたんだ。渦中に自分のお気に入りの使用人がいたとしても、忖度はしなかった。いつも冷静で公平だったよ。それでいて、酷いようにはしていなかった」

そうだったわね、と撫子もうなずく。

「蓉子さんは、きっと上手くとりなしてくれるわよ」

ええ、と菖蒲はうなずいた。

「わたしも蓉子さんはきっと、良い裁きをしてくれると思っています」

2

蓉子は白衣に朱色の袴という出で立ちで、今回の件に関わった人物一人一人を順番に面接していた。

部屋の隅には藤馬の姿があった。口は出さずに、蓉子を護衛する役目だ。

最後が、春鷹だった。

名前を呼ばれた春鷹は、静かに部屋に入ってくる。

面接の部屋は、机を挟んで椅子が二脚向き合っているだけの殺風景なものだ。

春鷹は着流しに羽織を纏っていた。うっすら無精ひげを生やし、少し長めの髪は乱れている。それでも、見る者を惹き付ける優雅な所作は変わらなかった。

春鷹は、蓉子の対面に腰を下ろして、にこりと微笑む。

「蓉子さん、これで正式に『斎王』やな。おめでとうございます」

蓉子も同じように笑みを返した。

「ありがとうございます。騒動のお陰で、『相応しくない』という声をある程度払拭できたので、此度の件は感謝しております」

春鷹は、肩をすくめた。

「八家の青年たちの判決はもう下さはったんやろか?」

ええ、と蓉子はうなずいた。

「『神子』の資格をはく奪しました」

春鷹は、へぇ、と洩らし、言葉の続きを待った。だが、蓉子がそれ以上何も言わなかったので、眉根を寄せる。

「え、それだけなん?」

「基本的には、そうですね」

「そやけど、あなたを拉致監禁したんやで?」

「部屋に閉じ込められましたが、それ以上酷いことはされておりませんし、何より、まだ年若い青年たちです。彼らの処分は、八家の長老に託すことにしました」

とはいえ、と蓉子は続ける。

「『神子』でなくなってしまうことが、一番応えるのでしょうね」

ほんまやね、と春鷹は苦笑する。

「僕もそれを一番恐れてたし……そやけど、今はホッとしてる気持ちもあるんや。僕は汚れてしもたことで力がのうなってしもた。そのことを隠して、誤魔化しながら生きているのんは、ほんまにしんどかったし」

そう言うと蓉子は自嘲気味に笑う。

「あなたのお気持ち分かりましてよ。わたくしも同じでした。結婚して、自分の身が汚れたことで、力が薄れていったと感じていました」

春鷹は黙って、蓉子の話に耳を傾ける。

「ですが、それは違ったんです。力がなくなったのは異性との性交渉が原因ではありません。自分を偽って生きていたからです」

春鷹は片目を細めて、蓉子を見やる。

「春鷹さん、あなたもそうだったのではないですか？　自分の心に嘘をついて、偽って生きてきたのではないでしょうか？」

春鷹は腕を組んで、そっと目をそらした。

「あなたは、力が欲しいと思っていた。ですが、欲しいものは本当に『力』だったのでしょうか？」

蓉子の強い問いかけに、春鷹の肩がぴくりと震えた。

では、と蓉子は喉の調子を整える。

「あなたに判定を下します。『審神者』および、『神子』の資格をはく奪……」

春鷹は、ははっと、自嘲気味に笑う。

「ほんま、覚悟していても、しんどいものやな。これで僕はほんまに何もかものうなってしもた」

「話はまだ終わっていません」

はぁい、と春鷹は笑って片手を上げる。

「あなたには、ご実家での謹慎を命じます」

「はっ？」

と春鷹は眉間に皺を寄せて、蓉子を睨むように見た。

それは、初めて見る春鷹の『嫌悪』の表情だった。

蓉子は申し訳なさそうに話を続ける。

「鵺に矢を射た時、あなたは慟哭しましたでしょう？　その時にあなたの記憶が私の中に入ってきました。受け取ってしまったと言った方が正しいかもしれません」

なんやねん、と春鷹は顔を歪ませる。

「そんで家に帰れって。悪趣味もええとこやな」

「そうですね。さらに私は、あなたのお兄様と話をさせていただきました」

蓉子は懐から便箋を出して、春鷹に差し出した。

「お兄様からお手紙を預かってきております」

春鷹は戸惑った様子で、便箋を開く。

『春鷹へ。

兄の手前勝手な振る舞いにより、多くの人の人生を狂わせたことを恥ずかしく思っている。

父に家を出ていけと言われた時も、彼女が姿を消した時も、小百合との結婚の準備が進められている時も、すぐに家を出られなかった。

動けなかったのは、自分の弱さと甘さのせいだ。

家名や財産や仕事、それらを失うのが怖かった。

そのため、藤原家を捨てられないまま、小百合と結婚した。

幼馴染である小百合を慕っていた。

妹のように可愛いと思っていた。

結婚したら、女性として好きになるだろう、彼女のことを忘れられるだろう、という希望も本当は自分の中にあった。

だが、小百合と結婚し、もう後戻りできないところまできて、自分がどれだけ彼女を愛していたのかに気付いてしまった。

自分への嫌悪感と罪悪感で、小百合の顔を見られず、彼女を探すことに没頭して、現実から目を背けていた。

幸か不幸か、自分は彼女を見付けることができた。

嬉しかった。

自分は彼女以外、何もいらないと心から思った。

しかし、彼女は自分にもう会いに来るなという。どうやら、両親にひどく脅されていたようだ。

自分はそんなことも知らず、無理やり彼女の許へ通い、一緒に過ごすことを望んだ。

小百合はそんな自分を咎めず、家に帰ると、いつも微笑んで迎えてくれた。

だから許されていると都合の良い解釈をしていた。

しかし、彼女が妊娠した時、小百合は初めて取り乱した。

自分がどれだけ、小百合を苦しめていたのか、痛感した。

それから、小百合と春鷹が深い仲になったことに、自分は気付いていた。

本当に勝手だが、少々面白くない気持ちはあった。

けれど小百合が妊娠した時、これもまた勝手な話だが、自分は安堵してしまった。

これで、双方の親たちへの面目が立つと……。

自分は、産まれてきた子の父親として、できる限りのことをしたいと思った。

それなのに、やはり家にはいられず、帰らない日々が多くなった。

春鷹、小百合の心は、今や限界に近くなっている。

小百合が春鷹になんと言ったのか分からないが、それはすべて春鷹を案じてのことだ。

小百合は、春鷹が考えている以上に、春鷹に想いを寄せている。

夜になると、春鷹を想って泣いている。

寝言で春鷹の名を呼ぶことも少なくない。

心労から心身が衰弱し、床に伏せることが多くなった。

斎王が僕の許を訪れてきたときに、彼女にとても強く言われてしまった。

これらのことはすべてあなたが引き起こしたことです、と。

小百合の心身は限界で、このままでは命も危ない可能性がある。

もし、そんなことになったら、取り返しのつかない因果を背負うと……。

そこまで言われて、恥ずかしながら、ようやく自分は目を覚ますことができた。

これ以上、因果を重ねるわけにはいかない。

藤原家のすべてを捨てて、生きていくと覚悟を決めた。

どうか、春鷹、愚兄（ぐけい）の最後の我儘（わがまま）だ。

家に戻ってきて、小百合の側にいてやってほしい。

どうか、藤原家を、そして、君たちの息子を頼む』

手紙を読み終えた春鷹は、手紙を机に置いた。

「……なんやねん、兄はここまで阿呆やったん？　勝手すぎるやろ。そやけど、僕も同じじゃや。つらさから小百合を残して逃げ出した……僕こそ、小百合を連れて逃げたら良かったんや……」

そう言った彼の体が小刻みに震えている。

春鷹さん、と蓉子は優しく呼びかけた。

「人は、いつからでもやり直せるものです」

春鷹は、くっくと笑う。

「なんや、あなたが言うと、説得力あらはる」

「そうでしょう。私はこのことを菖蒲さんに教えてもらいました」

春鷹の笑い声は、やがて嗚咽へと変わっていった。

3

菖蒲たちが下鴨神社の境内の茶屋でお茶を飲んでいると、

「菖蒲様」

白い作務衣を纏った若い『神子』が駆けてきて、一礼をした。

「斎王がお呼びです。裁務所までお越しいただけませんか？」

菖蒲は、はい、と少し驚きながら立ち上がる。

「どうして、わたしがここにいると？」

「斎王が、菖蒲様はきっとここにいるだろう、と仰っていました」

菖蒲は、まぁ、と洩らしながら、『神子』と共に裁務所へ向かう。

「僕も建物まで同行しよう」

と、立夏が立ち上がると、俺も、と秋成も続いた。

撫子は、いってらっしゃい、と手を振り、隣に座る冬生を見やる。

「眼鏡さんは、行かなくていいの？」

「自分まで行ったら君が一人になるだろう」

「私は一人でも別に大丈夫よ。本当は眼鏡さんも行きたいくせに」

冬生は、ぱちりと目を瞬かせた。

「別に、そんなことはない。あんなに大勢で行く必要はないだろう？」

「だって、眼鏡さんも、菖蒲さんが好きなわけだし……」

そう言うと、冬生は眉根を寄せた。

「君は前にもそんなことを言っていたが、そもそも自分は一言も菖蒲さんを好きだとは言っていないが？」

以前、冬生は菖蒲を『菖蒲様』と呼んでいたが、護衛の必要がなくなった今は『菖蒲さん』になっていた。

「えっ、だって、そんな感じだったじゃない」

『……自分はそういう話を好まない。何より、自分の気持ち以前に、彼女は立夏君に想いを寄せているだろう』

冬生はそう言っていたのだ。

そのことを伝えると、冬生はますます顔をしかめる。

「色恋の話が苦手だっただけだよ。あの時も言ったが、自分は他の誰かを想っている人に横恋慕（よこれんぼ）する趣味はない。君は『本当に恋をしている場合は、遠慮（えんりょ）する必要はない』と言っていて、その言葉は一理あると思ったが、そもそも菖蒲さんにそんな感情を抱いていないから、遠慮も何もない」

あら、と撫子は目を大きく開いた。

「そうだったのね。それは、勝手な想像を膨らませてごめんなさい」

冬生は何も言わず、茶を口に運んだ。

「そうそう、お借りした本、返そうと思って持ってきたの。とても面白かったわ」

撫子は弾（はず）んだ声で言って、バッグの中から本を取り出す。

「いや、それは君にあげたものだから、返さなくていい」

「えっ、本当に？　嬉しいわ。とっても面白かったから、何度も読んだし、すべて紙に書き写したのよ」

えっ、冬生は訊き返す。

「すべて紙に書き写した？」

「ええ。そうした方が、漢字を覚えるだろうし、本を返したあとも読み返せるから、一石二鳥だと思って」

「君はすごいな」

「べ、別にすごくないわよ。でも、実物を持っていたかったから、ありがとう」

冬生さん……、と撫子は小声で言って本を胸に抱く。

「それでは、今度、また新しい本を持ってくるよ」

冬生は、撫子が初めて『冬生さん』と呼んだことに気付かず、さらりと言う。

撫子は微(かす)かに肩をすくめて、そっと口角を上げた。

「ええ、楽しみにしているわね」

4

「菖蒲さん、ごめんなさいね」

藤馬と入れ替わりで、部屋に訪れた菖蒲を見て、蓉子はにこりと微笑んだ。

蓉子はすべての裁きを終えたという。

菖蒲は、いえいいえ、と首を振って、蓉子の対面に腰を下ろした。

蓉子は、菖蒲がすぐ近く——下鴨神社の境内（けいだい）にいることを感じていたそうだ。

鵺を討ち取って得られた力は、とても大きかったようだ。

「強い力を得たことで、色々な人の心が分かるようになったのだけど……」

そう言うと蓉子は、いたずらっぽく微笑んで、菖蒲を見た。

「あなたの心だけはどうしても読めないの。それはあなたが『麒麟（きりん）』だからなのか、私の理解の範疇（はんちゅう）を超えているからなのか分からないのだけど……一つだけ、どうしても聞きたいことがあって。あらためての確認ね」

はい、と菖蒲は居住まいを正した。

「『神子』が台頭するこの時代、『神子』の頂点に立つ『斎王』は、誰しもにとって憧れの存在であると思うわ。あなたは『麒麟』の力を持ちながら、『斎王』になりたくないとずっと言っていた。それが本心であるのも分かっている。でもどうして『斎王』になりたくなかったのかしら？」

と、蓉子は真剣な表情を見せる。

菖蒲は、ぽかんと口を開けた。

「えっ、そんな、『斎王』になったりしたら、立夏様のお嫁さんになるのが遅くなるじゃないですか」

『斎王』は、未婚でも既婚でも問わないが、少なくとも三年は『斎王』の仕事に従事しなければならない。既婚であれば、家庭に支障が出るであろうし、未婚ならば結婚などできる状況ではなくなる。

今度は蓉子が、ぽかんと目と口を開いている。

「わたし、立夏様の許に嫁ぐのが、何よりの夢なんです」

ややあって蓉子は、あはは、と声を上げて笑った。

菖蒲はどうして笑われたのか分からず、小首を傾げる。

「ごめんなさい。そうだったのね。そうね、あなたはずっと、ぶれたりせずに自分の望みに真っ直ぐだったのね」

はい、と菖蒲は微笑んだ。

「立夏さんが、扉の向こうで悶絶しているわね」

蓉子が小声でそう続けると、えっ？　と菖蒲は訊き返す。

「いいえ、なんでもないわ。早くあなたの望みが叶うことを願っているわね」

「ありがとうございます。でも、他にも望みができまして」

なにかしら、と蓉子は興味津々で前のめりになった。

「『斎王』になった蓉子さんのお手伝いをしたいというのと……」

そう言うと、蓉子は嬉しそうに頬(ほお)を赤らめる。

「出版社で、働いてみたいのです」

まあ、と蓉子は驚いたように菖蒲を見る。

「どうして、出版社に？」

以前、撫子にも話したことだ。

「立夏様の小説を読ませていただいたのが、きっかけなんですが……」

「もしかして、彼の作品を本にしたいと？」

蓉子に問われて、いえいえ、と菖蒲は目を丸くした。

「そんなことができたら夢のようですが、今はそんな大それたことは考えていないです。ただ、わたしは、立夏様の小説を読んで、初めて文学の素晴らしさを知ったんです。文字だけなのにこんなにも美しい情景が浮かぶなんて、と感動しました。それから本や雑誌に興味を持つようになったんです。いつしか本に関わるお仕事がしたいと思うようになりまして」

雑用しかできないと思うのですが、と菖蒲は少し恥ずかしそうに肩をすくめる。

そう、と蓉子は眉尻を下げた。

「あなたの人生の中心には、どこまでも立夏さんがいるのね」

そうなんです、と菖蒲は弱ったように身を縮める。

「でも、このことは、立夏様に言わないでくださいね。漬物石のように重たい女だと負担に思われてしまうかもしれませんし」

「もう手遅れだと思うのだけど……」

と、蓉子は小声で洩らして、話を続ける。

「そんなにも親が決めた許嫁を好きになれたあなたは幸せね」

菖蒲は、はい、とはにかんだ。

「ですが、婚約が破棄となってしまいまして……その時にわたし、つい思ってしまったんです」

「どう思ったのかしら？　情熱的に押しかけたいと？」

と、蓉子は何かを期待したように、前のめりになる。

「お嫁さんが無理だったら、彼の部屋の壁になりたいって」

「壁に……」

「実は、その気持ちは今もあるのです。彼の部屋の壁になって彼をずっと見ていたいって。わたし、彼を見ていられるだけで幸せですし、もしかしたら時々よりかかってもらえるかもしれません」

そう言うと、菖蒲は火照る頬に手を当てる。

蓉子は、そう……、と遠くを見るような目で相槌をうつ。

「あっ、もしかして、引かれてしまわれましたか？」

菖蒲が我に返って訊ねると、蓉子は小さく笑った。

「そんなふうに真っすぐで、いつも一生懸命なあなたなら、必ず幸せになれると思うわ。私が聞きたかったのはそれだけよ。お時間ありがとう」

「こちらこそ、ありがとうございました」

「あら、あなたにお礼をいわれるようなことは何も……」

「今回の件、蓉子さんは、一人一人の気持ちや背景を考えて判定をしてくださったと思っています。わたし、蓉子さんを『斎王』に選べたことをとても誇りに思っております。本当にありがとうございました」

菖蒲は立ち上がって、深々とお辞儀をして、部屋を出た。

5

扉の前には立夏がいて、気恥ずかしそうにしながら、手を差し伸べた。

菖蒲は、はにかんでその手を取る。

手をつないだ状態で誰もいない廊下を歩きながら、菖蒲はぽつりと訊ねた。

「あの……今の話、聞こえてましたか？」

立夏は弱ったように頭を掻く。

「僕も気持ちは同じだよ。なるべく早く君を迎えられるよう、がんばるつもりだ。まずは、春に向けて鍛錬をしていこうと思う」

「春に何か……？」

と、菖蒲は小首を傾げる。

「『技能會』を受けてみるつもりだ」

『技能會』とは、審神者の前で自らの力を披露し、四神の称号を授かるという試験であり、儀式だ。以前は、桜小路家のたっての希望により、桜小路家の屋敷で開催されていたが、今は椿邸で行われている。

立夏は既に『朱雀』の称号を得ている。

これは、あらゆる道の家元に匹敵する名誉であるが、『神子』ではない。

『神子』として認められるのは、『白虎』と『青龍』の力だけだった。

「もしかして、『白虎』の試験を？」

菖蒲は興奮を抑えられず、立夏に詰め寄った。

立夏はそっとうなずいて、

「僕は少しでも君に相応しい男になりたい。『神子』になれたなら、と……」

目を伏せたまま、菖蒲の髪を梳くように撫でた。
心臓が強く音を立てる。
今しがた、蓉子に言ったばかりだ。
自分は彼を見ていられるだけで幸せだと。
その言葉に偽りはない。
けれど、時々、どうしようもなく、触れたくなってしまう。
「立夏様……」
菖蒲は体を小刻みに震わせて、立夏を見上げた。
うん？　と立夏が視線を合わせたその時。
菖蒲は背伸びをして、立夏の頬に自分の唇を押し当てた。
そっと唇を離して目を開けると、立夏は硬直していた。
「ごめんなさい。私ったら……」
菖蒲は居たたまれなくなって、逃げるように駆け出す。
建物の外に出るなり、菖蒲は大きな木の下にしゃがみこみ、手で顔を覆った。
「――菖蒲」
頭上で立夏の声がして、菖蒲は顔を上げる。

立夏は強く菖蒲の体を抱き締めた。

「まったく君は……どれだけ僕が我慢しているのか、分かっていないだろう？」

困ったように言われて、菖蒲は不思議に思いながら、立夏を見上げる。

「どうして我慢を？　我慢なんて、しないでください……」

菖蒲がそう言うと、立夏は「ああ、もうっ」と何かが弾けたように菖蒲の体を抱き寄せて、唇を重ねた。

君が悪い、と洩らして、何度も角度を変えて唇を重ね合う。

呼吸ができなくて苦しい分、愛しさに胸が詰まるような感覚がする。

菖蒲の体が木の幹に当たった時、枝に止まっていた鳥が驚いたのだろう、バサバサと羽音を立てて飛び去っていった。

二人もびくっとして唇を離し、見詰め合うも気恥ずかしさが募って目をそらす。

どうしよう、彼を前にすると、時々自分は歯止めが利かなくなる。

今になって羞恥心が募り、菖蒲が顔を伏せていると、甘酸っぱい香りが鼻腔をかすめた。

顔を上げると、梅の花が咲いているのが見える。

「あっ、立夏様、梅の花が……」

立夏は振り返って、梅の木を仰ぐ。

「ああ、もう、春が近付いているんだな」

それは、まるでこれから開花していく自分たちを暗示しているようだ。

菖蒲は、未来に想いを馳せて、そっと微笑んだ。

あとがき

ご愛読ありがとうございます、望月麻衣です。

ありがたいことに、『京都 梅咲菖蒲の嫁ぎ先』二巻を刊行させていただける運びとなりました。

一巻は、デビュー前に書いた作品をリメイクしたもので、この第二巻は、完全新作となります。

私としては、過去の自分と勝負をするような心持ちで書かせていただきました。

今年（二〇二四年）の春は、デビュー十周年ということで、デビュー前の作品よりも、良いものが書けて当然と思われるかもしれませんが、初期の作品には、今の自分には決して出せない『勢い』のようなものがあったのです。

今作は、そうした面で「過去作に負けたくない！」と意気込んでいました。

書き終わった今、あの頃に勝ったかどうかは、私には判別できないのですが、自分としては負けていない、なかなか勢いのある仕上がりになったのでは、と思っております。

一巻ではオイタがすぎた立夏がずいぶんがんばったり、健気なだけだった菖蒲も今作では良い感じに暴走してくれたりと、登場人物たちが、生き生きと動いてくれたのも、書いていて楽しかったです。

一巻とはまた雰囲気が違いますが、今作も大正時代の京都を舞台にしたドラマチックな作品になったのではと、私自身は嬉しく思っています。

また、今作に於ける『鵺』の真相ですが、こちらは私独自の解釈ですので、どうかご了承ください。

最後に、この場をお借りして、お礼を伝えさせてください。

素敵なイラストを手掛けてくださった久賀フーナ先生、担当編集者様、私と本作品を取り巻く、すべてのご縁に、心より感謝とお礼を申し上げます。

本当に、ありがとうございました。

望月麻衣

参考文献

『世界文化遺産　賀茂御祖神社：下鴨神社のすべて』賀茂御祖神社編　淡交社
『梅辻規清伝記資料』荻原 稔編
『安倍晴明と陰陽道』長谷川 卓＋冬木亮子　ワニのＮＥＷ新書
『陰陽五行と日本の民俗』吉野裕子　人文書院
『安倍晴明読本』豊嶋泰國　原書房
『暦と占いの科学』永田 久　新潮選書
『平安貴族の生活』有精堂編集部編　有精堂

本書は書き下ろし作品です。

目次・登場人物紹介デザイン：長﨑 綾（next door design）

著者紹介

望月麻衣（もちづき　まい）

北海道出身、現在は京都在住。2013年にエブリスタ主催第２回電子書籍大賞を受賞し、デビュー。2016年「京都寺町三条のホームズ」で第４回京都本大賞を受賞。「京都寺町三条のホームズ」「京洛の森のアリス」「わが家は祇園の拝み屋さん」「満月珈琲店の星詠み」「京都船岡山アストロロジー」「京都 梅咲菖蒲の嫁ぎ先」シリーズ、『仮初めの魔導士は偽りの花』など著書多数。

ＰＨＰ文芸文庫　京都 梅咲菖蒲（うめさきあやめ）の嫁ぎ先〈二〉
百鬼夜行と鵺（ぬえ）の声

2024年４月24日　第１版第１刷

著　者　望　月　麻　衣
発行者　永　田　貴　之
発行所　株式会社ＰＨＰ研究所
東京本部　〒135-8137　江東区豊洲5-6-52
文化事業部　☎03-3520-9620（編集）
普及部　☎03-3520-9630（販売）
京都本部　〒601-8411　京都市南区西九条北ノ内町11

PHP INTERFACE　https://www.php.co.jp/

組　版　株式会社PHPエディターズ・グループ
印刷所　図書印刷株式会社
製本所　東京美術紙工協業組合

ISBN978-4-569-90393-4

PHP文芸文庫

京都 梅咲菖蒲の嫁ぎ先

望月麻衣 著

父の命で京都の桜小路家に嫁ぐことになった菖蒲。冷たい婚約者、異能を持つ名家の因縁、暗躍する能力者……。和風ファンタジー開幕!

PHP文芸文庫

京都大正サトリ奇譚

モノノケの頭領と同居します

卯月みか　著

人の心の声が聞こえる〝サトリ〟の子孫・繭子は、〝モノノケの頭領〟水月の家で働くことに――レトロでポップな和風ファンタジー！